Als die Stadt im Schlaf versank

Gudrun Leyendecker

INHALTSANGABE

Das Buch „Als die Stadt im Schlaf versank"
ist der 15. Band der Reihe „ Liebe und mehr", ein SOFTKRIMI.
Die Journalistin Abigail Mühlberg, die in Sankt Augustine im
Schloss des berühmten Malers Moro Rossini lebt, erhält den
Auftrag, einen mysteriösen Kriminalfall zu klären.
Muss eine ganze Stadt eine schlimme Katastrophe befürchten?
Die Ermittlungen gestalten sich schwierig, eine langatmige Suche
mit vielen mühseligen Recherchen beginnt. Wird Abigail einen
Anhaltspunkt finden, einen roten Faden, dem sie folgen kann.
Leider gibt es viele Verdächtige und einige Motive, die untersucht
werden müssen. Und kurz vor einem möglichen Ende scheint alles
zu eskalieren.
Die Freundinnen Greta, Irene und Maria haben Liebeskummer
und benötigen ebenfalls ihre Aufmerksamkeit. Kann Abigail ihr
eigenes Glück bewahren?

1. Auflage 2021
Copyright © Gudrun Leyendecker
Alle Rechte vorbehalten

Lektorat: Friederike Ramin

Biografische Information der deutschen Nationalbibliothek:
Die Deutsche Nationalbibliothek verzeichnet diese
Publikation in der Deutschen Nationalbibliografie; detaillierte
biografische Daten sind im Internet über http://dnb.dnb.de
abrufbar.
Herstellung und Verlag: BoD – Books on Demand, Norderstedt.
ISBN: 9 783 753 408 354

Als die Stadt im Schlaf versank

Gudrun Leyendecker

Liebe und mehr

Bd. 15

Roman

Im Schlossgarten von Sankt Augustine zog wieder einmal der Frühling ein, in den Rabatten und Rondellen wetteiferten die schlanken Tulpen mit zierlichen Aurikeln und verspielten Narzissen in ihrer vielfältigen Farbenpracht. Meine ältere Freundin Adelaide, die Schlossherrin und Frau des berühmten Malers Moro Rossini führte mich zu den Gewächshäusern, wo die Sommerblüher behütet ihre ersten Blätter entfalteten.

Sie atmete tief. „Was für ein milder Frühlingstag! Nach diesem langen und schneereichen Winter ist das eine besondere Freude! Und Aufregungen gab es auch genug. Wenn das Wetter so anhält, wirst du mich jeden Tag draußen im Garten finden."

Ich beobachtete ein Schwalbenpaar, dass damit beschäftigt war, sich an der fürstlichen Gartenlaube ein Nest zu bauen.

„Zum Glück ist mein Chef Jens Wieland im Moment ziemlich geduldig. Mit dem historischen Buch über Sankt Augustine bin ich in den letzten Tagen nicht weitergekommen. Der Urlaub mit Ermanno in den Bergen von Norditalien war einfach zu schön, ich musste ihn genießen."

Adelaide lächelte mich an. „Zeig mir doch noch einmal deinen Verlobungsring. Bevor ihr gefahren seid, habe ich ihn noch nicht aus der Nähe gesehen."

Ich hielt ihr meine Hand hin. „Ermanno hat ihn bei dem Juwelier aus Catania bestellt. Der Stein stammt aus dem Lavagestein des Ätna und soll ein Symbol für brennende Liebe sein."

Sie nickte. „Er ist wunderschön. Und immerhin kennt ihr euch jetzt schon zwei Jahre. Ehrlich gesagt, wir haben schon lange alle darauf gewartet, dass er dich fragt. Und Greta wollte sogar mit mir wetten."

Ein roter Lockenkopf wirbelte uns entgegen, eine schlanke Gestalt näherte sich uns.

„Wie immer, wenn man von jemandem spricht!" bemerkte ich.

Greta umarmte uns stürmisch. „Ich muss es euch unbedingt selbst sagen, bevor ihr es durch diesen Zeitungsschreiber Ron Pelzer im Blättchen von Sankt Augustine lest. Ich habe bei den Renovierungsarbeiten meines Häuschens im Garten einen alten römischen Goldschatz gefunden."

Wir sahen sie verwundert an. Adelaide fand zuerst ihre Sprache wieder. „Machst du Witze? Hier in dieser Gegend waren überhaupt keine Römer. Sie sind vom Süden her den Rhein entlang gekommen, bei Mainz haben sich dann die Wege getrennt. Die eine Richtung ging dann bis Xanten an den Niederrhein und die andere Richtung bis in den Harz zu den Sueben und in die Gegend von Göttingen. Aber hier ist mir nichts von ihnen bekannt."

„Muss doch wohl so gewesen sein", entgegnete sie. „Ich war eben schon bei unserem Bürgermeister Schneider und habe mit ihm darüber diskutiert. Der fand auch, dass es echte Münzen sind, obwohl wir es natürlich noch einmal zur Sicherheit überprüfen lassen. Er möchte mir ein Äquivalent dafür geben und den Schatz hier im Schlossmuseum unterbringen."

Ich zog die Augenbrauen hoch. „Hast du ihn denn wenigstens mitgebracht, damit wir sehen können, ob du uns jetzt hier nicht nur einen Bären aufbindest?"

„Nein, den hat Schneider erst einmal in seinem Safe untergebracht. Aber ich bin jetzt eine reiche Frau. Was sagst du dazu, Abigail?"

„Herzlichen Glückwunsch! Dann bist du jetzt eine richtig gute Partie. Aber was war jetzt mit

Ron Pelzer? Woher hat er denn davon erfahren?"

„Den hat leider unser guter Bürgermeister bestellt, weil er so stolz ist und unser Städtchen noch berühmter machen möchte. Morgen könnt ihr dann alles in der Zeitung lesen, aber ich befürchte, dass ich jetzt in meinem hübschen Holzhäuschen im Blumenviertel keine Ruhe mehr finden werde. Ich wette, dass halb Sankt Augustine ab morgen dort graben wird."

„Aber da fängt doch das Naturschutzgebiet an", wandte Ada ein. „Dort dürfen die Leute gar nicht graben."

„Das wird denen herzlich egal sein", vermutete Greta. „Ich fürchte schon Schlimmes."

„Wir dachten, du würdest am Tanzwettbewerb teilnehmen?" wunderte sich Adelaide. „Stattdessen gräbst du das Grundstück um. Du verpasst doch sonst keine Gelegenheit, das Tanzbein zu schwingen."

„Ich habe im Moment Wichtigeres zu tun. Nachdem mir die Stadt großzügige finanzielle Hilfen gewährt hat, um das historische Häuschen wieder instand zu setzen, konnte ich es gar nicht abwarten, bis das Wetter passabel wurde. Außerdem handelt es sich sicher nicht um einen normalen Tanzwettbewerb."

Ada staunte. „Nein? Was ist es denn?"

„Ach! Das ist doch eine ganz verrückte Sache! Da geht es um einen idiotischen Rekord, der ins Guinness-Buch eingetragen werden soll. Es geht nicht um das Können der Tänzer oder irgendwelche anmutigen Bewegungen, es geht da nur um die Ausdauer. Die tanzen doch schon fast zwei Tage."

„Standardtänze oder was?" fragte ich.

„Wenn es nur das wäre! Nein, das ist so eine spezielle Rock ‚n' Roll-Art, weiß der Kuckuck, wer sich das ausgedacht hat. Die verdrehen sich total und müssen bestimmt später zum

Orthopäden. Das ist wirklich nichts für mich. Da grabe ich dann doch lieber mein Gärtchen um."

„Willst du mit uns in das Gewächshaus?" lud Ada die junge Frau ein. „Da wächst schon einiges, das im Sommer hier draußen seinen Platz findet."

„Nein, ich möchte wieder zurück zu meinem Garten, das könnt ihr doch bestimmt verstehen."

Die Schlossherrin überlegte „Aber sag einmal, Greta, wo waren die Münzen denn versteckt? Und warum hat sie bisher noch niemand gefunden, zum Beispiel, als diese Häuschen gebaut wurden?"

„Das hat mich Ron Pelzer auch gefragt. Aber die Erklärung dafür ist ziemlich einfach. Die historischen Pfahlbauten-Häuschen an der Vinigrette stehen ja im sumpfigen Wasser. Doch vor kurzem ließ der Bürgermeister das rechtsseitige Gebiet künstlich trockenlegen, damit die Häuser alle von Grund auf saniert werden können, mitsamt den Pfählen. Dadurch konnte ich im Grund eine Unebenheit erkennen und das war diese alte Schatzkiste. Vermutlich ist sie im Laufe der Zeit vom Wasser freigespült worden und war zur Bauzeit der Häuser noch von Erde überdeckt."

Ich hatte ebenfalls einen Einwand. „Soviel ich weiß, gehört dir doch nur das Häuschen, aber nicht das Grundstück dazu. Warum will dir Bürgermeister Schneider eine Entschädigung zahlen, wenn der Schatz gar nicht auf deinen Besitz lag?"

Greta amüsierte sich. „Darüber könnte man streiten. Das Kästchen lag sozusagen unter meinem Häuschen, aber ich habe vermutlich bei Herrn Schneider einen Sonderbonus. Er meinte, weil ich so fleißig sei, und selbst so viel

Hand anlege, deswegen wolle er mich auch bei der Renovierung weiter unterstützen."

„Aha!" machte Adelaide mit einem wissenden Blick auf Greta. „Ist unser neuer Bürgermeister nicht sogar geschieden?"

„Noch nicht lange genug, um die Scheidung wirklich verarbeitet zu haben", wusste die junge Psychotherapeutin, die die Anzüglichkeit offenbar verstand. „Da lass ich lieber die Finger von. Im Moment habe ich genug damit zu tun, mich gegen die Avancen eines ehemaligen Patienten zu wehren."

Nach ihren vergangenen unglücklichen Liebesgeschichten interessierte mich das. „War er ein Krimineller?"

„Nein, Alexander war zwei Jahre lang privat in meiner Praxis mit Gefühlsstörungen. Aber seine ganze Mentalität ist mir zu düster. Ich konnte ihm zwar bei seinen Depressionen helfen, aber ich habe in der ganzen Zeit bei ihm noch nichts entdeckt, was in ihm eine echte Lebensfreude entfachen kann. Das hat auch mich in der ganzen Zeit ganz schön deprimiert. Ihr glaubt gar nicht, wie einen das runterziehen kann! Dabei kann ich im Allgemeinen den Abstand zu den Patienten gut wahren."

Auch die Schlossherrin war neugierig geworden. „Und du hast im Moment wirklich gar keinen, in den du verliebt bist?"

„Der letzte, für den ich mich wirklich interessierte, das war Oscar Münz, der den großen Verlag in Hamburg besitzt. Ab und zu lese ich noch etwas in der Zeitung über ihn. Er hat immer noch keine feste Partnerin gefunden, sondern vergnügt sich vielen, jungen, hübschen Dingern. Was soll man da sagen? Er ist eben noch nicht reif genug für eine echte Partnerschaft."

Adelaide lächelte. „Wer weiß? Es steht ja noch nicht definitiv fest, ob du vielleicht nicht doch um ein paar Ecken herum mit der guten Melusine vom Rosenturm verwandt bist. Mit deinem gerade gefundenen Goldschatz und einer berühmten Verwandten aus dem Mittelalter bist du doch für ihn bestimmt wieder hochinteressant. Er wird auch sicher mal wieder hierhin nach Sankt Augustine kommen. Schließlich wohnt sein Bruder Gerd mit Silvia doch immer noch hier im Ort."

„Und verheiratet sind die beiden auch immer noch nicht", wusste ich. „Sicherlich wird Oscar dann auch zur Hochzeit kommen. Die Welt der unverheirateten Männer steht dir also noch offen."

Sie seufzte. Der Wind zauste ihr seidig glänzendes Haar. „Wenn ihr meint! Aber jetzt verlasse ich euch, mein Häuschen ruft. Das ist mir im Moment noch viel wichtiger. Viel Spaß noch!"

„Dir auch!" rief ihr Adelaide hinterher. „Vielleicht findest du noch mehr Schätze in deinem Garten. Dann wirst du bestimmt noch die reichste Frau von ganz Sankt Augustine."

Greta sah noch einmal amüsiert zurück. „Dann komme ich aber auf Seite Eins deines historischen Buches, Abigail. Das musst du mir versprechen!"

***

Als Ermanno und ich am Abend mit den beiden Rossinis in der Schlossküche saßen und gemeinsam zum Abendbrot eine Minestrone und Spaghetti Carbonara verzehrten, teilte uns mein Verlobter die neuesten Ereignisse seines Arbeits-Tages mit.

„Ich habe nicht nur ein neues Zimmer bekommen, das viel größer und viel heller ist als das bisherige, sondern man hat mir auch eine Assistentin zugeteilt. Sie hat ebenfalls Geologie und Biologie studiert und will jetzt ihre Doktorarbeit schreiben.

„Du bist doch schon Professor", wusste Ada. „Dabei wirst du ihr doch sicherlich helfen können."

Ermanno schien zuversichtlich. „Das hoffe ich doch, sonst würde ich mich ganz schön blamieren. Manche Leute glauben ja, mein Professorentitel sei nicht so viel wert, weil ich ihn aus Italien mitgebracht habe. Aber seit ich hier bin, konnte ich meinen Mitstreitern doch beweisen, dass ich mir diesen Titel ehrlich erarbeitet habe."

„Ist sie hübsch, deine Assistentin?" wollte Moro wissen.

Bevor ihm mein Verlobter eine Antwort geben konnte, schreckte uns eine laute Sirene aus den Gedanken hoch.

Adelaide lief zum Fenster. „Ob es irgendwo brennt?"

Ermanno horchte. „Nein, das ist ein anderer Warnton. Vielleicht wurde irgendwo ein giftiges Gas freigesetzt, bei einer Explosion oder dem Brand einer Chemiefabrik. Ich werde mich gleich erkundigen.

Die Glocke läutete, und Adelaide eilte zum Schlosstor. Wir erhoben uns ebenfalls von unseren Plätzen, verließen die Küche und gingen ihr nach.

In der Eingangshalle fanden wir die Schlossherrin im Gespräch mit Niklas Meyer, dem Kriminalbeamten von Sankt Augustine, einem meiner besten Freunde.

Als er uns kommen sah, eilte auch er uns entgegen, entgegen seiner sonst so ruhigen Natur wirkte er erregt. „Ich bin extra persönlich zu euch gekommen. Ihr müsst erst einmal im Schloss bleiben, bis wir von der Leitstelle der Polizei eine Entwarnung bekommen. Und ihr dürft kein Leitungswasser trinken, momentan."

„Was ist denn passiert?" wollte Moro wissen.

„Womit es genau zusammenhängt, das wissen wir leider auch noch nicht, und deswegen müssen alle Bürger von Sankt Augustine zunächst einmal in ihren Häusern bleiben und auf alle Radiodurchsagen achten. Im Gemeindezentrum sind alle 48 Teilnehmer des Tanzwettbewerbs zusammengebrochen und in die umliegenden Krankenhäuser gebracht worden."

Adelaide sah ihn erschrocken an. „Und weiß man denn schon, wie das passiert ist?"

„Leider noch nicht, denn die Teilnehmer befinden sich alle in einem schlafähnlichen Zustand, wie leicht narkotisiert."

„Aber das hatten wir doch schon einmal", wusste ich. „Auch im Gemeindezentrum. Als die Braut entführt wurde, und man die ganze Schauspieltruppe dort für ein, zwei Stunden außer Gefecht gesetzt hat."

„Diesmal ist es wohl schlimmer", wusste Niklas. „Der Schlaf wird wohl bei den Teilnehmern des Tanzkurses bis morgen dauern. Ich habe mit einigen der behandelnden Ärzte gesprochen. Die Patienten stehen alle unter ständiger Beobachtung und liegen auf Intensivstationen."

„Aber das ist ja schrecklich!" rief Adelaide aus. „Wer hat ihnen denn das angetan und warum?"

Niklas schüttelte den Kopf. „Darüber wissen wir noch gar nichts. Wir haben erst einmal das Wasser in den Flaschen in Verdacht. Oder die Wasserspender, und vielleicht sogar auch das Leitungswasser. Deswegen sollen die Bürger dieser Stadt davon momentan nichts benutzen. Die Kriminalpolizei arbeitet gemeinsam mit den Wissenschaftlern auf Hochtouren."

„Das ist ja unglaublich", fand ich. „Wen müssen wir denn jetzt noch informieren?"

„Sonst keinen mehr", teilte uns Niklas mit. „Bernhard und Carla habe ich eben schon auf dem Parkplatz vor dem Schloss getroffen. Sie wollen nur noch schnell etwas einkaufen, und dann kommen sie wieder zurück und bleiben dann heute Nacht in Bernhards Wohnung, hier bei euch. Und im Seitentrakt, wo die Kunststudenten bei euch wohnen, habe ich auch schon Helene und Johannes erreicht, die werden die anderen Kommilitonen informieren."

Adelaide blickte ihn ängstlich an. „Ist es denn nicht möglich, dass es sich bei den erkrankten Menschen vielleicht um so etwas wie eine Schlafkrankheit handelt, ein Virus, eine Epidemie?"

„Nein, keine Sorge! Das konnten die Ärzte schon ausschließen. Außerdem hat diese Schlafkrankheit nur ihren Namen davon, dass die Menschen im letzten Stadium in eine Art Koma fallen. Sie wird durch die Tsetse-Fliege übertragen und verursacht zunächst einmal eine lange Zeit hindurch völlig andere Symptome. Hier, bei den neuen Patienten, handelt es sich tatsächlich um ein Betäubungsmittel, dass lediglich Schlaf verursacht. Wir haben übrigens eine ganze Menge Verstärkung von der Kriminalpolizei aus Wittentine bekommen.

Wundert euch also nicht, wenn auch noch Ben oder andere Polizisten bei euch aufkreuzen und euch interviewen."

Moro nickte. „Das ist doch selbstverständlich. Der Fall muss so schnell wie möglich aufgeklärt werden, bevor noch weitere Menschen geschädigt werden."

„Davon gehen wir eigentlich nicht aus", verriet uns Niklas. „Wir glauben, dass man die Teilnehmer des Tanzwettbewerbs gezielt ausgesucht hat, und ein Team von uns arbeitet sich gerade durch in diesem Bereich. Zwei Beamte suchen gerade in diesem Moment die Teilnehmer des Wettbewerbs auf, die laut Guinness-Buch der Rekorde momentan noch die Rekordhalter sind. Die werden gerade auf ihr Alibi überprüft und auf mögliche Beteiligung an diesem Delikt untersucht."

Adelaide stützte ihren Mann, dem das lange Stehen schwer fiel. „Setzen wir uns doch hier kurz in die Halle. Dann ist der Täter wohl niemand aus Sankt Augustine?"

„Auch das können wir noch nicht mit Gewisshcit ausschließen. Die Rekordhalter stammen zwar alle aus einer ziemlich weit entfernten, größeren Stadt, aber theoretisch kann man auch Täter kaufen, und somit könnte der auch ein Einwohner aus Sankt Augustine sein."

„Jemand, der leicht käuflich ist. Jemand, der Geld braucht", fügte Ermanno hinzu. „Aber ich muss morgen früh zur Universität. Müssen wir jetzt alle hier in Quarantäne bleiben?"

Der Kommissar nickte eifrig. „Ja, bis zur Entwarnung. Meine Kollegen vermuten aber, dass die KTU schon im Laufe des morgigen Tages nähere Erkenntnisse gewonnen hat. Also gönnt euch einen Tag Urlaub und bedient euch inzwischen aus eurem Weinkeller", scherzte er.

„Zum Glück haben wir genügend Vorräte in der Kammer", berichtete Adelaide. „Es gibt noch genügend Fruchtsäfte, Milch und Kakao im Haus. Moro muss also nicht um seinen geliebten Weinvorrat fürchten."

„Aber ein Fläschchen werden wir uns heute bestimmt noch genehmigen", fand ihr Mann. „Bist du noch im Dienst Niklas, oder bist du schon privat hier. Dann kannst du gern einen Schluck mit uns gemeinsam trinken, auf den ganzen Schrecken."

„Ja, genau genommen habe ich schon Dienstschluss. Aber augenblicklich sind wir natürlich alle in einer Art Alarmbereitschaft. Gegen einen Tropfen deines guten Weines habe ich allerdings nichts einzuwenden."

Während sich Ermanno anbot, eine Flasche aus dem Schlosskeller zu holen, führten uns Adelaide und Moro in das Atelier, in dem ein knisterndes Feuer im Kamin brannte. „Hier wollten wir alle gleich noch ein Stündchen verbringen", erklärte die Schlossherrin, „mein Mann und ich. Es ist eine wunderbare Atmosphäre in diesem Raum, geeignet für geistige Inspirationen."

„Die können wir jetzt gebrauchen", fand Niklas. „Die Suche nach dem Täter wird nicht einfach sein. Wir glauben zwar an das Tatmotiv des Konkurrenzkampfes, aber wir können uns natürlich auch irren. Vielleicht hat auch ein geistig Verwirrter diese verrückte Idee gehabt. Und ein privates Motiv ist auch nicht auszuschließen."

Adelaide sah ihn verwundert an. „Etwas Privates? Was könnte das sein? Rache? Eifersucht? Aber wenn nur eine einzelne Person getroffen werden sollte, warum wurden dann alle betäubt?"

„Damit es nicht auffällt", vermutete Moro. „Damit man nicht so leicht durch das Motiv auf den Täter kommt."

Kurz nachdem wir uns in die weichen Sessel gesetzt hatten, erschien Ermanno mit zwei Flaschen eines sehr guten Weines. Er betrachtete anerkennend das Etikett. „Einer der besten aus der Region Emilia-Romagna." Adelaide holte geschliffenen Festtagsgläser und Moro schenkte uns ein. „Auf dass wir bald wieder unbedenklich Wasser trinken können!" wünschte er uns und hob das Glas.

Wir folgten ihm und wünschten uns gegenseitig ein „Salute", unsere Blicke trafen sich und wir sprachen uns gegenseitig Mut zu.

Die Schlossherrin reichte einen Teller mit Käsegebäck und in Kräuter eingelegte Oliven herum, von denen wir uns bedienten und daran knabberten, ohne uns darauf zu konzentrieren.

Der Genuss des Weines schenkte uns etwas Entspannung, konnte es aber nicht verhindern, dass die Ereignisse mit einem großen Fragezeichen störend im Raum standen."

***

Am anderen Morgen, noch bevor es hell wurde, kam die Entwarnung der Polizei. Das Trinkwasser von Sankt Augustine war sauber und konnte unbedenklich getrunken werden. Auch die Quarantäne wurde noch rechtzeitig vor Berufsbeginn aufgehoben, da die Reste des Betäubungsmedikaments lediglich in den Behältern des Gemeindezentrums gefunden wurden.

Ermanno konnte rechtzeitig zur Universität aufbrechen, und ich fand etwas später Adelaide, Greta den Kriminalkommissar beim Kaffee in der Schlossküche.

„Gibt es etwas Neues?" erkundigte ich mich.

„Ja, bis auf zwei Personen, sind alle Patienten wieder aufgewacht. Sie konnten allerdings keine Aussagen machen, da ihnen nichts aufgefallen ist. Wir tappen noch immer völlig im Dunkeln", berichtete Niklas. „Wenn der Täter nicht zur Gruppe gehört, hat er sicherlich

Handschuhe benutzt. Und leider werden diese Gemeinschaftsräume auch noch von vielen anderen Menschen frequentiert."

Ich nickte. „Ja, das ist nun der Nachteil unseres gigantischen Zentrums. Da gibt es so viele Räume, und so viele Gruppen und Interessengemeinschaften, an die die Räumlichkeiten vermietet werden, dass da jetzt vermutlich die Fingerabdrücke der halben Stadt zu finden sind. Du kannst bestimmt Hilfe gebrauchen, Niklas."

„Wenn du dir wieder einmal etwas Zeit nehmen könntest, wäre ich dir sehr dankbar, Abigail. Während unsere Kollegen sich derweil mit der Konkurrenz-Tanzgruppe beschäftigen, suchen wir hier im Ort eine Person, die sich mit den Räumen gut auskennt und die Gelegenheit hatte, sich einen Nachschlüssel machen zu lassen. Es sind nämlich keine Einbruchsspuren vorhanden und alle bekannten Schlüssel an ihrem gewohnten Platz."

„Die Tanzgruppe bestand übrigens nur aus 40 Personen", wusste Greta. „Es gab vier Betreuer und vier Jurymitglieder, die alle Wasser getrunken haben."

Eine Ungereimtheit fiel mir auf. „Was ich nur nicht verstehen kann, ist, dass sie alle zur gleichen Zeit eingeschlafen sind, sie haben doch sicher nicht alle zu der gleichen Zeit getrunken."

Niklas wusste mehr. „Das sind sie wohl auch nicht. In diesem Raum lagen Matratzen, auf denen haben sich die Paare dann zwischendurch immer ausgeruht und entspannt. Da sind dann wohl schon einige eher eingeschlafen, ohne dass es die anderen bemerkt haben, weil sie dachten, es sei ein kurzes Nickerchen wegen der Erschöpfung. Und die Jurymitglieder haben natürlich nicht so viel Wasser getrunken wie die Akteure, das ist logisch. So waren sie dann auch die letzten, die eingeschlafen sind. Wir haben es also mit einem ziemlich cleveren Täter zu tun."

Ich staunte. „Das hört sich nach einem Profi an. Wie kann ich dir jetzt helfen?"

„Ich habe eine lange Liste vom Hausmeister des Zentrums bekommen. Den meisten Tanz- und Sport- und Chorgruppen schließt er selber die Türen auf, und schließt sie auch wieder ab. Die Theatergruppen holen sich ihren Schlüssel beim Bürgermeister. Da gab es zuletzt nur zwei Gruppen, die die Räume benutzt haben. Einmal die Laienspielgruppe der kleineren Kinder, im Alter bis zu acht Jahren unter der Leitung von Nora Leineweber und dann noch die Gruppe der Sponties, das ist eine sehr originelle Gruppe unter der Leitung von William Donnelly. Sie improvisieren auf Zurufe vom Publikum und sind sehr beliebt. Und einen weiteren Schlüssel hat Gisela Hundt für den gesamten Bereich der Cafeteria, sie gibt den Schlüssel niemals aus der Hand. Ich kenne sie persönlich, und lege für sie die Hand ins Feuer."

Ich überlegte. „Gut. Und von der Konkurrenztruppe konnte sich niemand einen Schlüssel besorgen?"

„Das schließen wir aller Wahrscheinlichkeit nach aus. Wir haben schon im Gasthof „Zur Traube", im Gutshof bei Jasmin und Senta und bei den anderen Vermietern der Gästezimmer nach gehört. Die dort anwesenden Gäste sind alle mit Personalausweis eingetragen, gehören weder einer Tanzgruppe an, noch haben sie irgendeinen Zugang zum Gemeindezentrum. Während sich mein Kollege Beiersdorf mit seinen Beamten um die Konkurrenztruppe kümmert, kannst du dich also voll und ganz auf Nora Leineweber und William Donnelly konzentrieren. In diesem Bereich dürfte die undichte Stelle sein. Von da muss sich jemand die Kopie eines Schlüssels angefertigt haben."

„Weißt du denn, wo das Wasser behandelt wurde? Im Theaterbereich? Oder im Vorratskeller?"

„Ja, nur im Theaterbereich. In der Cafeteria und in den Vorratsräumen ist das Wasser in Ordnung. Es wurde also an Ort und Stelle präpariert. Aber keine Sorge, inzwischen sehen wir uns auch die gesamten Patienten der Tanzgruppe etwas näher an. Da kann ja auch immer mal ein faules Ei drunter gewesen sein. Einer, der sabotieren wollte."

„Sehr unwahrscheinlich", fand Greta. „Da schießt sich doch bestimmt keiner ein Eigentor. Oder geht man davon aus, dass die Konkurrenz eine Person eingeschleust hat, die sich dann selbst mit betäubt hat, um nicht aufzufallen?"

„Genau das müssen wir auch noch gründlich untersuchen", erklärte Niklas.

„Tut mir leid, dass ich euch im Moment nicht weiterhelfen kann", bedauerte Greta. „Ich muss mich im Moment um mein Häuschen kümmern. Stell dir vor, Abigail, heute Morgen musste ich schon zwei Personen von meinem Grundstück wegjagen, die dort nach einem Schatz graben wollten. Ich bin wirklich sauer über den Artikel von Ron Pelzer. Natürlich musste der ganz genau beschreiben, wo ich das Kästchen gefunden habe. Und da werden noch mehr Leute durchdrehen und die Gegend verwüsten. Ich habe Ben gebeten, da öfter eine Polizeistreife vorbeizuschicken und werde auch den Bürgermeister um Absperrungen bitten."

Adelaide staunte. „Das muss wirklich unterbunden werden. Schließlich ist das Blumenviertel ein so idyllisches Stückchen Natur, das sollte nicht einfach solchen Rowdys zum Opfer fallen."

„Ich werde auch noch einmal mit dem Bürgermeister sprechen", versprach Niklas. „Vielleicht hilft auch schon einmal eine Schranke, damit die kleine Straße bis dorthin abgesperrt wird."

Greta verzog das Gesicht. „Das allein wird nicht helfen. Die von heute Morgen waren auch zu Fuß unterwegs. Auf jeden Fall werde ich Ron auffordern, in der Zeitung zu veröffentlichen, dass dort ein Privatgelände ist und dass sich jeder strafbar macht, der es betritt, geschweige denn da herumhantiert."

Niklas stimmte ihr zu. „Richtig! Du solltest dir sofort Schilder dazu holen. Schneider wird dir bestimmt dabei helfen. Aber ich muss jetzt wieder los, wir haben gleich eine erneute Besprechung. Dir, Abigail, lasse ich die Adressen von Herrn Donelly und Frau Leineweber hier." Er legte mir einen Zettel auf den Tisch und verabschiedete sich von uns.

„Ich gehe jetzt auch wieder nach Hause", verkündete Greta. „Übrigens, wie ist denn Ermannos neue Assistentin, Abigail? Ist sie sehr hübsch?"

Ich seufzte. „Hat sich das schon bis zu dir herumgesprochen? Dann muss es ja inzwischen Stadtgespräch sein. Ich habe sie noch nicht gesehen. Ich weiß noch nicht, wie sie aussieht, nur, dass sie Ermannos Hilfe bei der Doktorarbeit braucht. So etwas kennt man doch, er ist dann eine Art Doktorvater."

Greta kicherte. „Mit Mitte vierzig ist Ermanno noch ein recht junger Doktorvater. Und ein sehr attraktiver noch dazu. Vielleicht solltest du lieber dort deinen detektivischen Spürsinn verwenden, Abigail."

„Ich werde meinem Verlobten nicht hinterher spionieren. Weißt du eigentlich, wie viele Männer tagsüber mit fremden Frauen arbeiten müssen?"

Sie hob die Augenbrauen. „Weißt du auch, wie viele Ehefrauen täglich betrogen werden, wenn ihre Männer tagsüber mit Frauen gemeinsam arbeiten?"

„An die genaue Zahl wird man wohl nie herankommen", vermutete ich. „Trotzdem hoffe und glaube ich, dass er mir treu bleibt. Und wenn es wirklich einmal anders sein sollte, es gibt keine Garantie für die Gefühle, es gibt keine Garantie für die Liebe."

Adelaide verzog das Gesicht. „Du solltest jetzt wirklich lieber an deinem Häuschen weiter arbeiten, Greta! Abigail und ich, wir sind bisher immer damit letztendlich gut gefahren, wenn wir an das Gute im Menschen geglaubt haben. Und am Ende ist doch alles bei uns gut geworden."

„Glaubst du wirklich, liebe Adelaide? Du bist jetzt über 70, und dein Moro ist schon einiges über 80 Jahre alt. Bist du dir sicher, dass er dir treu wäre, wenn ihr jetzt um 20 Jahre jünger wärt?"

„Bist du jetzt nicht unverschämt?!" mahnte ich Greta.

„Lass nur!" wehrte Ada ab. „Unsere Geschichte kennst du ja. Diese negativen Erfahrungen habe ich mit Moro als ganz junge Frau gehabt, die große Enttäuschung, die Trennung. Aber dann nach vielen Jahren, ja, nach einigen Jahrzehnten haben wir gesehen, dass uns noch etwas ganz anderes verbindet. Und das ist einfach stärker. Stärker als Eifersucht, stärker als Misstrauen und stärker als ein Besitzdenken. Und das nicht nur, weil wir jetzt in einem Alter sind, wo du uns für abgeklärt hältst."

Greta schlug die Augen nieder. „Entschuldige, Adelaide! So habe ich das nicht gemeint. Ich denke nur, dein Mann ist vom Typ her ein echter, temperamentvoller Italiener, als

Künstler bekannt durch seine enorme Sinnlichkeit. Da könnte er doch täglich verführt werden."

„Ich weiß. Seine Augen freuen sich auch heute noch an allen Schönheiten, die es auf der Erde gibt. Egal ob in der Natur oder an den mehr oder weniger natürlichen Frauen, aber ich habe das zu unterscheiden gelernt. Unsere Liebe, die uns geblieben ist, ist eben doch etwas anderes. Sie ist ein Seelenband, dass wir auch spüren, wenn wir voneinander getrennt sind."

Greta verzog den Mund. „Nun ja, so viel Romantik ist mir bis jetzt noch nicht begegnet. Und wenn Oscar wirklich wieder einmal hierherkommt, werde ich einmal darauf achten, ob es bei uns auch ganz besondere Gefühle gibt. Jetzt habe ich doch tatsächlich schon den halben Tag verquatscht. Wahrscheinlich ist es die Schlossromantik, die einen immer wieder dazu verführt, in solche Gedankenregionen abzugleiten. Dazu die ganzen Bilder und Skulpturen von Moro hier überall! Ich mach mich mal lieber aus dem Staub, oder beziehungsweise in den Staub meiner Renovierungsarbeiten."

Sie winkte uns noch einmal fröhlich zu, bevor sie verschwand.

Adelaide schüttelte den Kopf. „Sie ist sehr liebenswert, aber auch sehr impulsiv. Damit wird sie es nicht immer leicht haben."

„Ja, das glaube ich auch. Und manchmal denke ich, sie möchte überhaupt keinen Partner haben, auch wenn sie das vorgibt. Ein bisschen kompromissbereit sollte man schon sein, wenn man eine gute Partnerschaft führen will. Aber jetzt mal etwas ganz anderes: Du kennst doch so viele Leute hier aus Sankt Augustine. Kennst du auch diesen William Donnelly und Nora Leineweber?"

„Nicht persönlich, aber ich habe schon von ihnen gehört. Nora Leineweber arbeitet stundenweise, und zwar vormittags, als Sekretärin bei unserem Pfarrer Kohlhaas, während ihre Tochter in der Schule ist. Sie ist alleinerziehend, etwa 30 Jahre alt und lebt unauffällig und ohne Skandale in einer kleinen Wohnung in der Nähe des Rathauses. Und ihr Hobby scheint wohl diese Kindertheatergruppe zu sein. Vermutlich macht da ihre eigene Tochter auch mit. Von ihr ist mir der Name entfallen. Der Mann von Nora ist irgendwann einmal ins Ausland abgewandert."

Ich freute mich. „Das ist doch schon einmal viel. Und William Donnelly? Sagt dir der Name auch was?"

„Noch weniger. Er ist wohl der ewige Student und verdient sein Geld damit, dass er anderen Leuten eine Website einrichtet. Er ist ledig und wohnt in einer winzigen Souterrain-Wohnung.

Vom Alter her schätzte ich ihn auf etwa Mitte 30. Er hat eine abenteuerliche Lockenfrisur und einen wallenden Bart. Manchmal spielt er bei seinen improvisierten Stücken selber mit, natürlich immer die Rollen der großen Abenteurer, Piraten oder Künstler. Alles das, was zu seinem sensationellen Aussehen passt. Man sagt ihm auch einigen Humor nach."

Ich atmete tief. „Aha! Das ist doch schon eine Menge! Damit kann ich bestimmt schon sehr viel anfangen. Aber sie scheinen mir beide nicht gerade zu potentiellen Tätern geeignet zu sein."

„Abgesehen davon, dass sie beide sicherlich etwas Geld gebrauchen könnten", fand Adelaide.

„Ich hoffe, dass in ihren Gruppen nicht zu viele Mitglieder sind, denn da könnten wir auch noch verdächtige Personen finden."

Sie dachte nach. „Ich habe mal eine Aufführung von Noras Gruppe gesehen. Da gibt es etwa sechs bis acht Kinder. Und bei den Sponties wirken auch meist nur etwa sechs Personen mit, die du unter die Lupe nehmen müsstest, falls die beiden Gruppenleiter nicht auf ihren Schlüssel aufgepasst haben. Es gibt eben nicht so viele Schauspieltalent hier in Sankt Augustine, in anderen großen Städten müsstest du dich noch mehr anstrengen."

„Oh, ich glaube, das reicht mir schon. Aber die Kinder verdächtige ich auch nicht. So etwas ist kein Kinderstreich. Und wie sollten die auch an das Zeug kommen?!"

Ada überlegte. „Kaum anzunehmen, dass Kinder in dem Alter auf so eine absurde Idee kommen. Du könntest natürlich einmal kontrollieren, ob irgendein Elternteil davon Beziehung zu einer Klinik oder zu einer Apotheke hat oder vielleicht selber Arzt ist.

Aber dann noch mit dem Schlüssel in das Gemeindezentrum hineingelangen und die Getränke präparieren, das hört sich doch nach einem ziemlich eiskalten Akt an. Ich habe übrigens von Niklas erfahren, dass die Teilnehmer der Tanzgruppe alle Single sind und keiner von ihnen ein Kind hat. Vielleicht hilft dir das auch schon einmal weiter."

Ich nickte. „Es ist alles für mich wichtig. Im Augenblick muss ich ja erst einmal nach dem Ausschlussverfahren vorgehen. Wer könnte ein Motiv haben und außerdem noch die Möglichkeit, so etwas durchzuziehen."

Adelaide seufzte leicht. „Eigentlich tappen wir noch vollkommen im Dunkeln. Genau genommen kann so einen Schlüssel auch jeder entwendet und wieder an seinen Platz gelegt haben."

Ich warf ihr einen komisch verzweifelten Blick zu. „Jetzt machst du mir aber ganz schön Mut!

Ich glaube, ich denke gar nicht so lange über alles nach, sonst wird es noch komplizierter. Ich fange einfach einmal irgendwo an."

***

Auf dem Weg zu William Donnelly traf ich meine Freundin Irene. Wir begrüßen uns mit einer herzlichen Umarmung, und noch bevor ich sie nach ihrem Befinden fragen konnte, blickte ich in ihre traurigen Augen.

„Es scheint nicht alles in Ordnung zu sein bei dir", vermutete ich.

Sie nickte. „Ach, ich war gerade hier im Rathaus und habe meinen Personalausweis verlängern lassen, damit ich bald wieder einmal reisen kann. Ich kann Giorgio einfach nicht vergessen. Meinst du, er kommt irgendwann wieder?"

„Ich denke schon. Inzwischen ist er ein guter Freund von Rossini geworden, er wird ihn sicher wieder einmal besuchen wollen. Vielleicht kommt er auch zur Einweihung des neuen Theaters im Gemeindezentrum. Bestimmt interessiert es ihn auch, wie seine Kollegen das ohne ihn fertiggestellt haben."

„Er hat sich bis jetzt noch nicht bei mir gemeldet, Abigail. Immerhin ist er jetzt schon seit Wochen wieder in Catania bei seinem geliebten Ätna. Aber es kam nicht ein Wort von ihm. Und das wird nicht nur an der Arbeit liegen."

„Ich fürchte auch, dass da nicht mehr viel von ihm kommt, Irene. Behalte eure Zeit des zweiten Frühlings einfach im Gedächtnis, als eine schöne Episode in deinem Leben, auch wenn sie ein bitteres Ende hatte! Du hast gespürt, dass du dich neu verlieben kannst, der Frühling ist noch nicht vorbei."

Sie sah düster in die Ferne. „Ich hätte auf dich hören sollen, gleich am Anfang. Jetzt bin ich auch sicher, dass er in Italien eine Frau hat. Ich kann die Männer einfach nicht verstehen. Wie können sie das alles so trennen? Sie können in eine Frau verliebt sein und doch gleichzeitig für andere schwärmen. Sie können die eine lieben und die andere verehren, sich mit der einen gut unterhalten und mit der anderen ins Bett gehen. Sind sie tatsächlich alle noch so gesteuert von ihren Trieben aus grauer Vorzeit?"

Ich verkniff mir ein Lachen. „Die Natur hat ihnen auch heute noch die Aufgabe erteilt, für den Fortbestand der Menschheit mit Vehemenz zu sorgen. Möglicherweise wäre die Menschheit schon ausgestorben, wenn sie vollkommen monogam veranlagt wären. Vermutlich war es gut, dass es zwischendurch ein paar Männer gab wie August der Starke in Dresden", scherzte ich.

„Und um den Nachkommen Sicherheit zu geben, fühlen sich die meisten Frauen dagegen immer noch dazu berufen, nach einer einzigen großen Liebe zu suchen, bei der sich alles vereint. Die träumen von einem Mann, der ihnen alles gibt, Freundschaft, gute Kommunikation, Zärtlichkeit und Liebe, und als Tüpfelchen von ihm noch ein Tröpfchen Romantik dazu."

Irene seufzte. „Ob du es jetzt glaubst oder nicht, ich hatte schon vorgehabt, in diesen Single-Tanzclub einzutreten. Aber davor hat mich wohl das gute Schicksal bewahrt, sonst läg ich jetzt auch wie die anderen im Krankenhaus. Weißt du schon etwas Näheres darüber? Hat man schon einen Täter in Verdacht?"

„Bisher gibt es noch nicht die geringste Spur, nur eine Reihe von möglichen Motiven. Die Hauptverdächtigen sind die Teilnehmer des Konkurrenz-Tanzclubs, der bis jetzt im Guinness-Buch der Rekorde der Rekordhalter ist."

Irene schüttelte den Kopf. „Das klingt für mich nicht logisch. Schau mal, selbst wenn sie dieses Mal den Rekord nicht geschafft haben. Wenn sich alle Teilnehmer wieder erholt haben, werden sie es von neuem versuchen und wahrscheinlich dann auch schaffen."

„Bis dahin hat vielleicht die andere Gruppe auch einen neuen Rekord geschafft", gab ich zu bedenken.

„Also, dann weiß ich auch nicht weiter. Aber dir wünsche ich viel Spaß bei deinen weiteren Recherchen. Ich weiß ja aus eigener Erfahrung, wie gut du darin bist! Und mir kannst du jetzt Glück wünschen! Ich gehe gleich ins Nachbarhaus, denn dort habe ich meine erste Klavierstunde. Stell dir vor, da muss man erst einmal über 40 Jahre alt sein, bis man sein neues Lieblingshobby entdeckt."

Ich freute mich für sie. „Für ein neues Hobby ist es nie zu spät, besonders wenn man ein gutes Gefühl dazu hat. Die Musik ist wirklich etwas Besonderes, sie ist ein Geschenk, das Körper und Seele und Herz stimulieren kann. Halte mich auf dem Laufenden!"

„Philippe Jasmin ist mein Lehrer, er ist Pianist", verriet sie mir. „Noch nicht sehr berühmt, aber fleißig, wie ich hörte. Da bin ich froh, dass er Zeit für mich hat. Er gibt nur ganz selten Klavierunterricht."

„Oh! Und warum macht er da bei dir eine Ausnahme?"

„Das hat nichts mit mir zu tun. Er kennt mich noch gar nicht. Der Musiklehrer, in der Schule, an der ich unterrichte, der hat ihn mir vermittelt. Die beiden sind Freunde, haben zusammen Musik studiert. Aber mein Glück ist halt, dass er direkt nebenan wohnt."

„Dann wünsche ich dir viele schöne Stunden mit der Musik, Irene!"

Wir umarmten uns zum Abschied, und ich eilte weiter, während ich mich dabei aufmerksam umschaute nach den Straßennamen in den winkeligen Gässchen.

Die kleine Souterrainwohnung lag in einem renovierten Altbau und versteckte sich hinter mehreren Hortensienbüschen, die mir stolz ihre frisch begrünten Zweige entgegenstreckten.

William Donnelly öffnete mir nach mehrmaligem Klingeln Tür.

„Niklas hat dich schon angekündigt", begrüßte er mich formlos. „Aus England bin ich gewohnt, dass man Du zueinander sagt. Ich hoffe, es ist dir recht?"

„Ich habe kein Problem damit. Hast du ein paar Minuten Zeit?"

Er nickte und führte mich in das winzige Zimmer, in dem mehrere Computer und Monitore herumstanden.

„Vermutlich hältst du mich für ein bisschen verrückt", entschuldigte er sich. „Auf der einen Seite beschäftige ich mich mit den teilweise abstrakten Arbeiten am Computer und andererseits pflege ich dieses super kreative Hobby mit dem Spontan-Theater. Das kommt dir bestimmt sehr merkwürdig vor."

Ich lächelte. „Keineswegs. Ich kenne so viele Menschen, bei denen sich die unterschiedlichsten Potenziale vereinigen. Aber bei dir ist letztendlich doch beides kreativ, da gibt es doch einen gemeinsamen Nenner."

Er bot mir einen Kaffee an. „Und jetzt willst du wissen, ob mir irgendjemand den Schlüssel vom Gemeindezentrum und dem Theaterraum entwendet haben kann, nicht wahr?"

„Das könnte mir schon weiterhelfen. Wo bewahrst du ihn auf?"

„Ich habe ihn an einem Schlüsselbund, gemeinsam mit meinem Haus- und Wohnungsschlüssel. Ich trage ihn immer in der Hosentasche, damit ich ihn niemals vergesse, wenn ich hinausgehe. Als ich noch in einer anderen Stadt wohnte, hatte ich diese

Angewohnheit noch nicht. Du kannst dir denken, dass ich mich mehrmals ausschloss, und weil der Schlüsseldienst bekannt dafür ist, dass man in diesem Beruf schnell zum Millionär wird, da habe ich mir hier gleich von Anfang an angewöhnt, den Schlüssel am Körper aufzubewahren."

„Eine gute Idee. Und wie hältst du es mit dem Schlüssel, während du Theater spielst, deine eigene Rolle? Behältst du dann den Schlüssel auch am Körper?"

„Nein. Aber in der Garderobe des Theaterraumes haben wir jeder einen Spind, dort schließe ich ihn dann gemeinsam mit meinen Klamotten ein. Das ist aber in den letzten vier Wochen nur ein einziges Mal passiert, als ein Darsteller kurzfristig krank wurde und ausfiel. Und an dem Tag war niemand sonst im Gemeindezentrum. Ich wüsste auch nicht, wie man die Spindtür aufbekommen kann, ohne das Schloss zu zerstören."

„Konnte dir denn jemand irgendwann den Schlüssel unbemerkt aus der Hosentasche klauen?"

„Klauen vielleicht schon, wenn es ein geschickter Dieb war, aber bestimmt nicht wieder unbemerkt hineinstecken. Das kann ich mir nicht vorstellen."

„Wie findest du denn diese Tanzgruppe? Kennst du von den Leuten jemand, die da am Wettbewerb teilgenommen haben? Kennst du einen der vier Betreuer oder die Jury?"

„Ich kenne niemanden persönlich. Ich weiß nur, dass die Betreuer ein Fitnesstrainer, ein Physiotherapeut, ein Sportarzt und ein Orthopäde sind. Die Jury besteht aus zwei Personen, die irgendwo schon einmal einen Tanzwettbewerb gewonnen haben und zwei

Tanzlehrern. Sie sind alle aus Sankt Augustine."

„Woher weißt du das denn alles? Wolltest du selber daran teilnehmen?"

„Oh nein! Ich kann überhaupt nicht tanzen. Ich bin eher der Komiker und hüpfe ein bisschen albern herum. Ich bewundere alle, die gut tanzen können. Aber diese Informationen habe ich vom Bürgermeister bekommen. Der hatte mich nämlich beauftragt, die Plakate zu entwerfen und auch etwas ins Internet zu setzen. Dafür hat er auch ganz schön etwas springen lassen."

„Das kann ich mir denken. Unser neuer Bürgermeister unterstützt nämlich gern die Bürger unserer Stadt, das ist mir schon öfters aufgefallen. Bevor er eine Arbeit nach auswärts vergibt, schaut er immer erst nach, ob er die Arbeit auch intern in Sankt Augustine vergeben kann. Er lässt jetzt auch das ganze

Blumenviertel an der Vinigrette renovieren, das finde ich schon bemerkenswert."

Er grinste. „Dass ich ihn sympathisch finde, versteht sich von selbst. Er will auch in Zukunft mit mir zusammenarbeiten. Aber nun noch einmal zurück zu diesem leidigen Schlüssel. Es ist unwahrscheinlich, dass derjenige, der in den Theaterräumen Narkosemittel verteilen wollte, auch zufälligerweise das Talent zu einem Meisterdieb hat. Ich bin mir ziemlich sicher, dass ihn mir keiner stehlen konnte. An deiner Stelle würde ich nach anderen undichten Orten suchen. Trotzdem, wenn du in irgendeiner Form meine Hilfe brauchst, melde dich einfach!"

„Danke für das Angebot! Werdet ihr denn in der nächsten Zeit eure Aufführungen machen können, du und deine Gruppe? Oder seid ihr jetzt erst einmal zu sehr geschockt?"

„Der große Raum ist von der Polizei noch nicht freigegeben. Aber wir haben momentan auch keinen Termin. Der nächste Theaterabend von uns wird erst nach der Einweihung der neuen Festräume sein."

„Oh! Weißt du schon etwas darüber? Wann ist die Einweihung und welche Aufführung ist zu diesem Fest geplant?"

„Ach, das weißt du gar nicht? Du wohnst doch im Schloss bei den Rossinis. Moro selbst hat den Puppenspieler Jérôme Tessier eingeladen. Er spielt und singt den Sommernachtstraum von Shakespeare. Darauf freuen wir uns alle schon."

„Wie schön! Und das im klassisch neu eingerichteten Theaterraum. Aber wie bringt denn da Jérôme seine eigene Bühne unter?"

„Dafür kommt Giorgio noch extra einmal aus Sizilien. Er baut dann gemeinsam mit Tessier die Kulissen auf."

Giorgio! Ob er gemeinsam mit seiner Frau Teresa kam? Oder, ob er allein kam und sich an den zweiten Frühling mit Irene erinnerte?

„Gefällt dir das nicht?" holte mich William aus meinen Gedanken.

„Oh doch! Ich kenne Giorgio und Teresa gut, ich habe ihnen einmal bei einem Kriminalfall auf Sizilien mit Recherchen geholfen. Und Jérôme Tessier ist mir auch noch bestens bekannt von seinen Auftritten und den Interviews. Er ist ein großer Künstler, und es ist schön, ihn und seine Truppe zu kennen."

„Also gut! Und wenn du bei uns im Spontan-Theater einmal zuschauen möchtest, melde dich einfach bei mir, dann gebe ich dir Freikarten."

„Prima!" freute ich mich. „Danke für deine Auskünfte. Dann weiß ich ja nun schon einiges mehr."

Er wünschte mir viel Glück für meine weiteren Recherchen und brachte mich zur Tür, wo wir uns freundschaftlich verabschiedeten. Draußen schaute ich auf meine Uhr, es war gerade Mittag und ich rechnete mir aus, dass ich Nora Leineweber mit etwas Glück jetzt auch zu Hause antreffen konnte.

Spontan machte ich mich auf den Weg zu ihrer Wohnung. Von weitem sah ich dort vor der Haustür eine junge Frau mit zwei Kindern stehen. Sie kramte etwas nervös in ihrer Handtasche.

„Guten Tag! Ich bin Frau Mühlberg", sprach ich sie an. „Wissen Sie vielleicht, ob hier im Haus eine Frau Leineweber wohnt?"

Die blonde Frau nickte eifrig. „Ich bin die Nora, richtig. Mit mir bist du verabredet. Wir kennen uns übrigens schon. Erinnerst du dich? Wir haben damals beide im Schloss bei den Zauberkünstlern zugeschaut, als der Zaubertrick misslang. Und wir haben auch schon einmal gemeinsam an einem Fest im Schloss teilgenommen."

Ich erinnerte mich nicht mehr an ihr Gesicht. „Oh! Entschuldige bitte! Das ist mir entfallen." Sie lachte. „Das ist doch kein Wunder, damals hatte ich noch eine andere Haarfarbe, und du warst auch immer ziemlich im Stress, beschäftigt mit der Lösung der Kriminalfälle. Da konntest du dir sicher mein Gesicht nicht merken. Der Kommissar hat dich schon angekündigt, ich wusste nur nicht genau, wann du kommen würdest."

„Passt es dir denn jetzt? Hast du ein paar Minuten Zeit, Nora?"

„Ist schon in Ordnung. Ich komme gerade von der Arbeit, und die Kinder kommen von der Schule. Hier, die kleine Rothaarige, das ist meine Tochter Lena und der hübsche kleine Engel dort, das ist ihre Freundin Saskia Müller. Die beiden sind Freundinnen und meist den ganzen Tag bei mir. Meist so bis 17:00 Uhr, da wird sie dann abgeholt. Die Mädchen sind ein Herz und eine Seele."

Sie führte mich, nachdem sie endlich den Hausschlüssel in ihrer Handtasche gefunden und den Eingang entsperrt hatte, in das Innere des Mehrfamilienhauses und öffnete sichtlich genervt die Wohnungstür. Eine Katze lief uns entgegen und begrüßte Nora schnurrend.

„Ich glaube, ich komme ein bisschen unpassend", vermutete ich. „Bestimmt haben die Kinder Hunger, und sie möchten jetzt mit dir essen. Soll ich lieber gehen oder kann ich dir irgendetwas helfen?"

Sie entspannte sich und lachte. „Es ist alles in Ordnung. Ich habe das Essen schon vorgekocht und muss es nur noch aufwärmen. Lena und Saskia decken inzwischen den Tisch. Du kannst gern einen Teller Linsensuppe mitessen, ich habe genug davon da. Es ist Lenas

Lieblingsessen, ganz ungewöhnlich, finde ich. Keine Pommes und keine Fischstäbchen und erst recht keine Spaghetti. Sie ist eben ein besonderes Mädchen."

Ich folgte ihr in die Küche und sah ihr zu, wie sie die Suppe im Topf beim Erwärmen kräftig umrührte.

„Dann nehme ich deine Einladung gern an. Kann ich dich dabei jetzt auch etwas fragen?"

„Frag nur! Der Kommissar sagte mir, dass es um den Schlüssel zum Theaterraum geht."

„Ja, genau, Nora. Das muss ich jetzt alle fragen. Wo bewahrst du ihn auf?"

„Ich habe ihn immer in meiner Handtasche, wenn ich unterwegs bin. Und du weißt ja, wie wir Frauen immer sind: Wir lassen die Handtasche nie aus unserem Blickfeld. Auch im Theater habe ich die Handtasche immer bei mir, lasse sie nie aus den Augen. Es ist eine Umhängetasche, und sie und ich, wir sind unzertrennlich. Hier zu Hause hänge ich dann die Schlüssel im Flur im Schlüsselkasten an die Haken. Das ist so eine Gewohnheit von mir. Aber da geht auch niemand dran. Ich hatte auch in den letzten Wochen keinen Besuch. Nur der Briefträger kommt sonst noch bis in den Hausflur herein, wenn er ein Päckchen abzugeben hat. Aber das habe ich in den letzten Wochen auch nicht."

„Dann warst du also in der letzten Zeit immer mit den beiden Mädchen allein."

„Ja, und für diese beiden Kinder lege ich meine Hände ins Feuer. Sie gehen nicht an meine Sachen und spielen auch nicht mit den Schlüsseln im Schlüsselkasten. Was sollten sie auch damit? Und welches Interesse sollten sie haben, da mit Medikamenten im Theaterraum die Tänzer in den Schlaf zu versetzen? Aber komm mit herein, die Suppe ist fertig. Du kannst die Kinder selber kennen lernen."

Ich folgte ihr in das kleine Wohnzimmer, in dem mich eine helle hölzerne Eckbank zum Platz nehmen erwartete. Auf dem Tisch standen bereits bunte, tiefe Teller, daneben lag Besteck auf gefalteten, farbigen Servietten. Lena verteilte gerade Saft- und Wassergläser, Saskia schenkte die Getränke ein.

„Ja, die beiden Mädchen sind mir immer eine große Hilfe", lobte Nora. „Sie helfen mir bei der Arbeit und sind schon sehr vernünftig."

Nachdem die junge Mutter die Teller mit dem Linseneintopf gefüllt hatte, sprach sie ein Tischgebet, und nach dem gemeinsamen „Amen" begannen wir, die Suppe zu löffeln.

Ich beobachtete die beiden Mädchen aus den Augenwinkeln heraus und sah Saskia an. „Gab es denn heute viele Hausaufgaben oder bleibt euch noch Zeit zum Spielen?"

„Heute haben wir ganz viel Zeit zum Spielen. Vor dem Sport hatten wir eine Freistunde, da haben wir uns dann hingesetzt und unsere Hausaufgaben schon gemacht."

„Und was spielt ihr jetzt gleich?" fragte ich Lena.

„Mit meiner Puppenstube. Ich habe zum Geburtstag ein Badezimmer dazu bekommen. Da kann man in die Badewanne echtes Wasser reintun. Und gestern haben wir mit meiner Mutter winzige kleine Brote und kleine Kuchen gebacken. Da feiern wir heute in der Puppenstube einen Kindergeburtstag."

„Und Sport, Sport hattet ihr auch heute? Was habt ihr denn da am liebsten?"

„Trampolin", riefen beide wie aus einem Mund.

„Bei Saskia zu Hause steht eins im Garten."

„Und im Sommer gehen wir beide schwimmen", berichtete Lena.

„Und wie sieht es aus mit dem Tanzen? Ist das auch etwas für euch?"

„Das können wir noch nicht so wirklich", teilte mir Saskia mit. „Aber manchmal albern wir so ein bisschen herum, wenn wir bei Lena im Zimmer Musik hören."

„Dann seid ihr also keine Ballettratten?" bohrte ich weiter.

Lena schüttelte den Kopf. „Nö! Nur so im Wasser, da machen wir allerlei Kapriolen, wie Mama immer sagt."

Nora hatte offenbar verstanden, worauf ich hinaus wollte. „Abigail möchte auch ganz gern von euch wissen, ob ihr etwas von dem Tanzwettbewerb im Gemeindezentrum gehört habt."

Die beiden nickten eifrig. Saskia meldete sich zuerst. „Das ist doch richtig gemein, was dort passiert ist! Die hatten da wahrscheinlich so einen Spaß beim Tanzen, und dann hat man ihnen alles verdorben. Zum Glück sind sie alle wieder gesund."

Lena verkündete ebenfalls ihre Meinung. „Das war bestimmt jemand, der die Leute nicht mochte, oder irgendeinen davon. Dabei haben die doch wirklich nur ihren Spaß gehabt. Und jeder Mensch muss doch ein bisschen Spaß haben. Gut, dass da nicht noch mehr passiert ist."

„Ja", stimmte ich ihr zu. „Gott sei Dank ist nicht mehr passiert. Aber ich bin gar nicht auf den neuesten Stand. Sind inzwischen alle wieder aufgewacht?"

Lena wusste es genauer. „Eine Lehrerin hat mit uns in der Schule darüber gesprochen. Sie fand das Thema wohl ganz wichtig für uns. Sie hat uns auch noch mal gesagt, dass wir uns nicht von fremden Menschen zu irgendeinem Getränk oder irgendetwas einladen lassen sollen. Wir haben dann auch über K.O.-Tropfen gesprochen, die ziemlich gefährlich sind."

„Was für eine kluge Lehrerin", bemerkte Nora. „Sie hat dieses Geschehen direkt dazu benutzt, die Kinder etwas aufzuklären und vor Gefahren zu warnen. Vor einiger Zeit haben wir auch beim Elternabend beschlossen, dass die Schule von Kriminalbeamten besucht werden soll, damit sie die Kinder noch mehr aufklären und gegen Verbrechen schützen, besonders auch gegen die Täter, die sich an Kinder heran machen. Für nächsten Monat sind solche Veranstaltungen geplant."

„Eine gute Idee", fand ich. „Und ich hoffe, dass man auch bald herausfindet, wo dieses Medikament gestohlen wurde."

„Leider bekommt man heute auch alles im Internet", wusste Nora. „Das wird schwierig werden. Aber vielleicht fragst du mal unsere nette Briefträgerin, die sich mit unserem Uhrmacher verlobt hat. Sie verrät dir vielleicht, wer in der letzten Zeit ein verdächtiges Päckchen bekommen hat."

„Ich kenne sie zwar inzwischen auch gut, aber ich denke, der Täter wird sich das Zeug bestimmt Post lagernd bestellt haben oder an irgendeine fingierte Adresse. Und einem Paket sieht man den Inhalt auch nicht immer an. Solange wir noch kein Motiv haben und nicht wirklich wissen, wem der Anschlag galt, muss ich wohl einfach schauen, wer die Möglichkeit hatte, dort in die Räume zu kommen. Hier bei euch kann wohl keiner den Schlüssel gestohlen haben."

Nora schüttelte den Kopf. „Nein, hier war niemand."

„Aber der Theo war doch letzte Woche hier", wusste Lena.

Ich sah sie erstaunt an. „Theo? Wer ist das?"

Noras Wangen färbten sich dunkler. „Ach der. Das ist nur mein Nachbar. Ich hatte gedacht, du schläfst, Lena. An ihn habe ich gar nicht mehr gedacht. Der wollte sich nur ein bisschen Kaffee holen."

Lena grinste. „Er war aber ganz schön lange hier. Ich habe nämlich noch nicht geschlafen."

„Na ja, wir sind eben ein bisschen ins Quatschen gekommen, wie das so unter Nachbarn üblich ist. Ganz harmlos und unverbindlich, einfach so freundschaftlich."

„Wer ist denn dieser Theo?" erkundigte ich mich. „Kann er sich den Schlüssel genommen haben?"

„Nein, wenn er ihn mitgenommen hätte, wäre er nicht mehr da. Theo war nur das eine Mal hier, und seitdem nicht mehr."

Ich sah sie aufmerksam an. „War er denn einmal länger allein hier im Flur, Nora?"

„Er ist in der Zeit hier einmal ins Bad gegangen, um auf die Toilette zu gehen, während ich im Wohnzimmer auf ihn gewartet habe. Aber ich hätte es gehört, wenn er in der Zeit am Schlüsselkasten herumgefummelt hätte. Und, ich habe den Schlüssel heute Morgen aus dem Kasten herausgeholt. Er war an seinem Platz. Theo hat übrigens keinen Schlüssel für meine Wohnung."

„Er hätte sich natürlich mit Wachs oder ähnlichem Material schnell einen Abdruck machen können", überlegte ich. „Er muss den Schlüssel nicht unbedingt mit nach Hause genommen haben. Was ist denn dieser Theo für ein Mensch? Kennst du ihn schon lange?"

„Er ist Versicherungsvertreter und arbeitet vorwiegend im Außendienst. Ich habe vor längerer Zeit auch zwei kleine Versicherungen bei ihm abgeschlossen. Einmal die Haftpflicht, falls meine Tochter irgendwann einmal beim Fußballspielen eine Fensterscheibe trifft und dann noch eine Krankenhaustagegeldversicherung für mich, damit ich das Geld bekomme für jemanden, der Lena betreut. Ich habe ja sonst keine Verwandten mehr, die sich um sie kümmern könnten."

„Das tut mir leid. Vielleicht könnten sich dann auch Saskias Eltern um deine Tochter kümmern", schlug ich vor.

„Mein Vater geht den ganzen Tag arbeiten", teilte mir Lenas Freundin mit. „Und mein Bruder ist in Wittentine in einer Ganztagsschule. Der kommt auch immer erst später nach Hause."

Ich wischte mir mit der Serviette den Mund ab. „Und was ist mit deiner Mutter?"

„Die ist vor einigen Jahren gestorben, da war ich noch ganz klein, und ich kann mich auch nur noch ein bisschen an sie erinnern."

„Oh, auch das tut mir leid für dich", bedauerte ich das Mädchen.

Sie sah mich mit großen Augen an. „Ich weiß nicht mehr, wie es mit ihr war. Aber sie war sehr krank, da geht es ihr jetzt im Himmel besser. So sagt es mir jedenfalls immer mein Vater, wenn ich mit ihm darüber rede.“

„Das ist schön, dass dein Vater so lieb mit dir spricht. Nimmt er sich viel Zeit für dich?“

„Ja, er spielt sogar abends noch mit mir, wenn er von der Arbeit kommt, und mein Bruder auch. Auch am Wochenende machen wir alles zusammen. Nur Trampolinspringen, das können die nicht. Aber sie gucken zu, wenn Lena und ich darauf herumturnen.“

Nora sah mich ernst an. „Ja, dieser Konstantin und sein Vater kümmern sich wirklich in jeder freien Minute um Saskia, damit sie ihre Mutter nicht so vermissen muss.“

„Und mein Vater war auch gar nicht böse, als ich ihm eine neue Frau suchen wollte“, verriet sie uns. „Er hat mir aber erklärt, dass er das lieber selber machen möchte."

Ich staunte. „Und wie hast du das angestellt, Saskia?"

„Ich bin zur Zeitung gegangen, hier in Sankt Augustine und wollte eine Anzeige aufgeben für meinen Vater, eine Suchanzeige für eine nette Frau. Aber die wollten das nicht in der Zeitung bringen. Und eine Frau dort muss wohl mein Vater kennen. Der ist nämlich Architekt in Sankt Augustine und hat schon wieder ein paar Häuser gebaut. Aber die hat mich dann bei ihm verpetzt."

„Ist dein Vater etwa dieser Architekt Müller, der im Auftrag von Bürgermeister Schneider auch das Blumenviertel saniert?"

Sie überlegte ganz kurz. „Ja, ich glaube schon. Er macht so viel, da weiß ich gar nicht, was es alles ist."

„Schön, dann werde ich ihn bestimmt auch noch kennen lernen, wenn er auch Greta bei den Renovierungen unterstützt. Die Stadt ist eben doch recht klein, da kennt sich fast jeder."

Nora sah mich neugierig an. „Greta? Ist das die, von der jetzt jeden Tag etwas in der Zeitung steht? Die, die unter ihrem Häuschen den römischen Goldschatz gefunden hat?"

„Genau die, das ist meine Freundin, die nun damit zu kämpfen hat, so einige Schatzsucher und Goldgräber von ihrem Grundstück fernzuhalten. Aber jetzt muss ich doch noch einmal zurückkommen zu diesem Theo, liebe Nora. Die Tatsache, dass er sich allein in deinem Hausflur aufgehalten hat, bedeutet, dass ich ihn mir einmal näher ansehen muss. Was weißt du noch von ihm?"

„Heute ist er nicht zu Hause. Er hat irgendeine Konferenz in der Hauptstelle. Ich glaube, dass er morgen Nachmittag wieder in Sankt

Augustine erreichbar ist. Er wohnt auch schon einige Jahre neben mir und lebt bescheiden und unauffällig. Gut, er hat ein schnelles Auto, aber das muss er auch haben, weil er viel und oft unterwegs ist."

„Weißt du zufällig, ob er mit den Leuten vom Tanzclub Versicherungen abgeschlossen hat? Vielleicht auch eine Krankenhaustagegeldversicherung?"

„Nein, über berufliche Dinge sprechen wir gar nicht. Ich habe von meinen Tätigkeiten im Rathaus und im Pfarrhaus nichts Interessantes zu berichten, und er darf über seine Klienten nichts ausplaudern. Aber das ist sowieso eine völlig absurde Idee, wenn du ihn als Täter verdächtigst. Was hätte es ihm genutzt, diese Menschen alle ins Krankenhaus zu bringen. Damit hätte er doch seiner Versicherung nur geschadet, wenn die nun alle von einem Tagegeld profitierten."

„Da hast du Recht. Ich suche einfach nur nach einer Verbindung oder nach einem möglichen Motiv. Vielleicht hat er sie vor irgendwelchen Verletzungen versichert."

Nora schüttelte den Kopf. „Wozu sollte das dann gut sein, sie in einen Schlaf zu versetzen?! Nein, ich sehe da gar keinen Zusammenhang."

Saskia sah mich verschmitzt an. „Vielleicht ist er ja auch nur sauer, weil sie sich alle nicht bei ihm versichern ließen?"

„Du bist ganz schön clever", lobte ich sie. „Ich glaube, ich könnte dich als Hilfe ganz gut gebrauchen."

„Ach, Unsinn!" wehrte Nora ab. „Theo hat doch so etwas nicht nötig. Der hat seine Stammkunden, die er betreut. Und der ist auch nicht sauer, wenn sich nicht jeder bei ihm versichern will."

Lena lachte. „Ich glaube, du bist in ihn verliebt, Mama!"

„Ach, Quatsch!" protestierte ihre Mutter. „Wir sind einfach nur gute Nachbarn, und ich kenne ihn eben so lange, dass ich ihn gut einschätzen kann."

Ich erhob mich und nahm meinen Teller. „Dann erst einmal vielen Dank für das Essen und die nette Gesellschaft, auch natürlich für die ganzen Auskünfte! Ich werde auf jeden Fall diesem Theo eine Visitenkarte in den Briefkasten werfen mit der Bitte, dass er sich dann morgen einmal bei mir meldet, damit ich ihn mir einmal näher anschauen kann. Oft hilft mir nämlich auch mein Bauchgefühl weiter."

„Ja gut", lenkte Nora ein. „Ich sehe schon ein, dass du dich mit deinen Recherchen nicht nur auf meine Meinung verlassen kannst. Mach dir selber ein Bild von ihm, und du wirst sehen dass er ein integerer Mensch ist. Aber lasst das Geschirr stehen. Die Kinder haben Spaß daran, mir zu helfen. Und du hast ja wohl noch genug zu tun."

Eifrig sammelten die Kinder das Geschirr ein und brachten es in die Küche.

Beim Abschied wünschten sie mir alle Drei viel Glück für meine weiteren Unternehmungen.

***

Die milde Frühlingsluft empfing mich draußen wie ein Streicheln auf meiner Haut. Ich entschloss mich zu einem kurzen Spaziergang ins Blumenviertel, das zu dieser Jahreszeit mit viel frischem Grün lockte.

Es gab eine Menge, über das ich dort nachdenken wollte, aber zunächst wurde ich davon abgehalten, weil mich kurz hinter der Stadtgrenze die Studentin Maria aufhielt, die bei den Zwillingen Jasmin und Senta Schirmer im Gutshof wohnte.

„Hallo Abigail! Bist du auch auf dem Weg zu Greta, um dort nach einem Schatz zu suchen?"

„Nein, ganz bestimmt nicht. Aber wieso auch? Gibt es denn noch jemanden, der dort suchen will?"

Sie sah mich ungläubig an. „Das weißt du nicht? Die halbe Stadt ist doch auf den Beinen unter dem Vorwand, da nur ein bisschen nachzuschauen. Aber in Wirklichkeit hat doch jeder sein Schäufelchen in der Tasche."

Ich staunte. „Das hätte ich nicht erwartet. Aber die Polizei hat doch bestimmt inzwischen alles abgesperrt."

„Nur mit etwas rotem Flatterband. Das hält doch die Leute nicht ab. Wenn du mich fragst, das macht es für die Neugierigen nur noch interessanter."

„Ich werde mit Ben und Niklas darüber reden", versprach ich. „Ist Niklas im Gutshof bei Jasmin?"

„Nein. Es ist niemand dort zu Hause, nicht einmal ein Feriengast. Ich glaube die Sache mit den schlafenden Tänzern schreckt alle Touristen ab."

„Und was sagst du dazu als Medizinerin, Maria? Du kennst dich doch auch ein bisschen mit Medikamenten aus."

Sie lächelte. „Ich bin Tiermedizinerin, aber du hast schon Recht. Da gibt es natürlich auch Narkotika. Ich denke, der Täter muss sich gut damit ausgekannt haben, vor allem mit der Dosierung. Schließlich hätte ja auch einer ganz viel von dem Wasser trinken können. Das konnte vorher niemand einschätzen. Und trotzdem hat er es so hingekriegt, dass keiner zu viel davon genommen hat. Darüber habe ich mir schon die ganze Zeit den Kopf zerbrochen. Heute Morgen habe ich nämlich auch hier mit Niklas darüber diskutiert. Er hatte aber bis dahin noch keine genauere Analyse von der KTU bekommen. Und so haben wir auch noch nicht des Rätsels Lösung gefunden."

„Ja, merkwürdig. Darüber habe ich mir bisher auch noch keine Gedanken gemacht. Natürlich, wenn in jeder Flasche die gleiche Menge gewesen wäre, hätte einer tatsächlich auch sehr viel länger schlafen müssen. Aber da waren doch nur zwei Tänzer, die etwas mehr geschlafen haben als die anderen."

„Die hatten bestimmt eine schwächere Konstitution", vermutete Maria. „Übrigens, du hattest doch vermutet, ich sei in den Tierarzt Dr. Clemens Lang verliebt, der im Gutshof seine Praxis unterhält. Wir haben inzwischen eine gute Freundschaft miteinander, und er war gestern Abend bei mir, da haben wir zusammen ein Bier getrunken und gefachsimpelt. Ab morgen darf ich ein bisschen in seiner Praxis assistieren."

„Er ist ja auch wirklich ein netter und charmanter Kerl", gab ich zu. „Nur leider auch ein großer Herzensbrecher. Du tust gut daran, es bei einer Freundschaft zu belassen."

„Keine Sorge!" sagte sie eine Spur zu vehement. „Gegen Frauenhelden bin ich immun."

Wir hörten die Sirene eines Rettungswagens, der sich uns näherte und dann eilig an uns vorbeifuhr in Richtung Blumenviertel."

„Oh weh, hoffentlich hat sich Greta nicht beim Renovieren verletzt!" fürchtete ich.

„Vermutlich haben sich die vielen Goldgräber gegenseitig die Köpfe eingeschlagen", rätselte Maria.

„Dann werde ich mal schnell nach Greta sehen", teilte ich der jungen Studentin mit.

Sie nickte. „Ich komme natürlich mit. Vielleicht kann ich etwas helfen, mein Kursus für Erste-Hilfe ist noch ganz frisch."

Auf dem Weg zur Vinigrette überholten uns weitere Krankenwagen. Aufgeregt beschleunigten wir unseren Schritt.

„Was ist da bloß passiert?" fragte ich besorgt.

Maria behielt einen kühlen Kopf. „Wir werden es gleich sehen."

Als wir das Blumenviertel erreicht hatten, sah ich Greta, die sich über einen jungen Mann beugte und nach seinem Puls fühlte.

Ringsherum standen mehrere Rettungssanitäter und kümmerten sich um mehrere Frauen und Männer, die wie bewusstlos auf dem Boden lagen.

Kurz danach trafen auch die Notärzte ein und versorgten die Patienten.

Ein Mann mittleren Alters mit grauen Schläfen begrüßte mich. „Hallo Frau Mühlberg! Erkennen Sie mich wieder? Ich bin der Architekt, der hier die Renovierungsarbeiten betreut. Mein Name ist Müller."

Ich reichte ihm erfreut die Hand. „Schön, Sie auch noch einmal näher kennen zu lernen. Ich denke, wir sind uns schon im Schloss bei den Rossinis begegnet. Vorhin habe ich auch Ihre kleine Tochter Saskia kennen gelernt, ein aufgewecktes Mädchen. Haben Sie eine Ahnung, was hier passiert ist?"

„Zum Teil. Jedenfalls scheinen diese Menschen hier unerlaubt gegraben zu haben. Dort neben der Bank stand wohl ein Kasten mit großen Wasserflaschen und daneben ein Stapel mit Pappbechern. Weiß der Kuckuck, wer die Sachen dort hingestellt hat. Aber die Goldsucher haben vermutlich davon getrunken. Ein einziger junger Mann, der nicht aus einem Becher, sondern aus der riesigen Flasche getrunken hat, ist noch putzmunter."

„Die gleiche Masche wie beim Tanzclub im Gemeindezentrum", überlegte ich. „Dann waren dort bestimmt auch nicht die Flaschen präpariert, sondern nur die Becher mit einem gewissen Quantum des Medikaments. Und wer immer seinen Becher frisch gefüllt hat, der hat vermutlich auch keine höhere Dosis zu sich genommen. Wenn einer dann wirklich mal einen frischen Becher benutzt hat, gut, der muss dann wohl auch die doppelte Dosis abbekommen haben. Ich muss dringend mit Niklas reden und ihn darüber ausfragen."

„Niklas, Ben und ihre Kollegen sind schon unterwegs hierhin", wusste Herr Müller. „Ich denke, sie sind darüber auch schon informiert. Denn inzwischen sind bestimmt auch die Untersuchungsergebnisse Im Falle des Verbrechens im Gemeindezentrum abgeschlossen."

„Geht es Ihnen und Ihren Leuten gut? Geht es Greta gut?"

„Natürlich. Wir alle waren nicht so dumm, gerade jetzt von irgendeinem Wasser zu trinken, von dem niemand weiß, wer es dort hingestellt hat. Meine Leute haben ihre eigenen Thermoskannen mit Kaffee dabei. Und Greta hat ihre Vorräte gut verwahrt in ihrem Häuschen, ich war eben schon bei ihr."

„Oh, danke! Dann bin ich beruhigt. Dann will ich gleich einmal nach ihr sehen. Gewiss hat sie sich auch sehr aufgeregt."

„Ich habe sie eben schon beruhigt. Sie ist eine sehr tapfere Frau. Zum Glück ist sie durch ihren oft auch gefährlichen Beruf gewohnt, die Nerven zu behalten."

„Ja, sie ist Psychologin und arbeitet mit Menschen, die resozialisiert werden sollen. Das ist sicher oft nicht einfach. Wir sehen uns bestimmt später noch."

Er nickte. „Ganz sicher, denn ich werde auch Greta bei den Renovierungsarbeiten unter die Arme greifen."

Ich nickte ihm freundlich zu und suchte meine Freundin Greta auf, die gerade dem letzten davon fahrenden Rettungswagen nachsah.

Als sie mich erkannte, eilte sie auf mich zu und umarmte mich. „Schön, dass du da bist! Das war schon ein Schrecken in der Nachmittagsstunde."

„Das glaube ich gern. Auf die Art und Weise muss man die Goldgräber nicht unbedingt loswerden. Selbst wenn sie dir hier lästig waren. Wer hat sich das nur ausgedacht?! Wenn man jetzt davon ausgeht, dass sich der Täter die Zielgruppe absichtlich ausgesucht hat, hat dann vielleicht auch das andere Verbrechen nichts mit dem Tanzclub zu tun."

„Oder der Täter hat jetzt einfach daran Spaß gefunden, Menschen zu betäuben und fühlt sich eben so sehr mächtig. Oder er macht das jetzt nur zur Ablenkung, um von seinem ursprünglichen Motiv abzulenken. Aber immerhin ist es doch ziemlich sicher, dass es jemand aus Sankt Augustine ist. Denn ich weiß, dass heute Morgen auch noch der letzte Urlauber abgereist ist."

Ich sah in ihr blasses Gesicht. „Das sagte mir Maria eben auch schon. Sankt Augustine hat im Moment gar keinen guten Ruf. Aber wie geht es dir? Bist du okay?"

„Herr Müller hat mich eben auch schon getröstet. Ron Pelzer war heute Morgen auch schon da und hat mir seine Hilfe angeboten, mir die Leute hier fernzuhalten. Dabei hat er sie mir eigentlich erst hier eingeschleppt, weil er so ausführlich in der Zeitung darüber berichtet hat. Und weil heute so viele Leute nerven, habe ich auch noch einen Liebesbrief von Alexander bekommen."

Ich stutzte. „Wer ist Alexander noch mal? Habe ich da etwas verpasst?"

Sie seufzte. „Es wird eben Frühling. Schau dich doch einmal um! Überall die frischen, grünen Blätter an den Büschen. Das ist Balsam für die Seele. Aber manchem scheint das etwas zu Kopf zu steigen. Von Alexander habe ich dir schon erzählt, dass ist der ehemalige depressive Patient, der glaubt, sich in mich verliebt zu haben. Aber das gibt es oft, und dafür gibt es sogar einen Namen, und ich muss schauen, wie ich da gut wieder heraus komme."

In mir stieg eine Vermutung hoch. „Weiß er denn, wo du wohnst? Kann es denn nicht sein, dass er hier mit solch einer Aktion deine Aufmerksamkeit erlangen möchte? Sicherlich kommt er an Betäubungsmittel, wenn er selber krank ist."

„Der Alexander? Warum sollte er so etwas tun? Ich glaube, er ist clever genug um zu wissen, dass er auf diese Weise gar nicht an mich heran kommen kann. Ja, er weiß, dass mich hier diese Goldsucher nerven. Aber was hat er mit diesem Tanzclub zu tun? Warum soll er diese Menschen außer Gefecht setzen?"

„Vielleicht hatte eine gespaltene Persönlichkeit. Konntest du das schon herausfinden?"

„In dieser Richtung habe ich keine Anhaltspunkte gefunden. Wenn er nicht so negativ angehaucht wäre, könnte ich mich tatsächlich in ihn verlieben. Er sieht gut aus, ist attraktiv und sexy und bekommt genügend Geld aus der Firma seines Vaters, die problemlos läuft."

Ich überlegte. „Scheint mir nicht einfach zu sein, diese Aufgabe. Tägliche Therapeutin zu sein für den Ehemann, das ist bestimmt mühsam und Kräfte zehrend."

Sie lächelte. „Ja, das hält mich auch davon ab, meinen Gefühlen freien Lauf zu lassen. Auf der einen Seite denkt man ja immer, man kann einen Menschen ändern. Vielleicht könnte ich ihm helfen und sein Schutzengel sein. Aber wenn es schief geht, stehen wir beide ganz schön dumm da, und es könnte ihn noch tiefer hereinreißen."

Ich sah sie bedeutungsvoll an. „Gut, dass du beschlossen hast, dich jetzt nur noch um dein Häuschen zu kümmern und nicht mehr um eventuelle Heiratskandidaten."

Sie lachte laut auf. „Jetzt hast du mich erwischt. Aber da wir gerade einmal gedanklich auf Tätersuche sind, wie gefällt dir denn Ron Pelzer in der Verbrecherrolle?"

„Und welches Motiv schreibst du ihm zu?"

„Er könnte sich damit wichtig machen. Er kann täglich einige Artikel darüber schreiben und seinen Senf zu dem Geschehenen geben. Ich habe schon von einigen Feuerwehrleuten gehört, die selbst Brände gelegt haben, weil sie das Feuer so lieben und so gerne löschen."

Sie führte mich in ihr Häuschen, in dem sie fast alle Möbel mit Tüchern zugedeckt hatte und schenkte mir und sich heißen Tee ein, mit dem wir uns aufwärmten.

„Weißt du schon etwas über Oscar?" erkundigte sie sich. „Wird er zur Einweihung der neuen Theaterräume nach Sankt Augustine kommen?"

„Eingeladen wird er bestimmt", wusste ich. „Er war nämlich ebenso wie Rossini und Frau Ackermann an den Spenden für dieses Projekt beteiligt. Aber soviel ich weiß, hat er bis jetzt weder ab- noch zugesagt. Hängst du immer noch an ihn?"

„Natürlich, ich bin nicht so flatterhaft, wie ihr alle denkt. Das ist wirklich ein kluger Mann, mit dem ich mich bei der Konversation messen kann."

„Wenn er da ist!" fügte ich hinzu.

Durch das Fenster sahen wir auf den trockengelegten Boden. Von dort kam Niklas und klopfte kurze Zeit später an der Tür.

Er schien aufgeregt. „Hoffentlich geht das jetzt nicht so weiter. Sonst müssen wir wieder die

Quarantäne für Sankt Augustine ausrufen lassen. Es ist aber auch nicht zu verstehen, wie unvorsichtig manche Menschen sind. Nachdem wir nun schon einmal dieses schreckliche Geschehen im Gemeindezentrum erlebt haben, müssten die Leute doch jetzt wirklich gewarnt sein. Zum Glück habe ich auch gerade wieder die Meldung aus dem Krankenhaus bekommen, dass es den meisten Patienten schon wieder etwas besser geht. Es war nur eine geringere Dosis des Medikamentes. Vermutlich geht jetzt erst einmal dem Täter der Vorrat aus."

„Das ist gut", fand ich. „Und hoffen wir einmal, dass er es jetzt nicht mehr wagt, sich einen neuen Vorrat anzulegen. Hast du jetzt weitere Details über das Medikament aus dem Gemeindezentrum, Niklas?"

Er nickte. „Ja, es war fast ausschließlich in den Pappbechern verteilt gewesen. Aber es wirkt schneller, wenn man sich bewegt, und das war nun der Grund, warum die Jurymitglieder und Trainer später eingeschlafen sind als die Tanzenden. Getrunken hatten sie fast alle die gleiche Menge. Tatsächlich war auch nur eine bestimmte Anzahl der Pappbecher präpariert. Wenn also jetzt sich weitere Leute mit einem neuen Becher und Wasser bedient hätten, wäre das Getränk unbedenklich gewesen. Er hatte insgesamt nur 50 Becher dort präpariert. Hier müssen wir dann noch einmal genauer nachschauen. Das Wasser und die Becher sind im Moment auf dem Weg zur KTU."

Ich atmete tief. „Es ist sehr merkwürdig. Ein Profi und doch kein Profi. So sieht es jedenfalls für mich aus. Und was glaubst du, Niklas?"

„Wir stehen auch noch vor einem Rätsel. Es kann natürlich auch ein Profi sein, der sich als Laie gibt. Wie weit bist du mit der Schlüsselgeschichte, Abigail?"

„Donnelly hat den Schlüssel immer unter Aufsicht, wenn man mal davon absieht, dass niemand im Gemeindezentrum Spinde öffnen kann, ohne dass man es merkt. Und Frau Leineweber passt ebenfalls gut auf ihren Schlüssel auf, soviel ich weiß, hätte bis jetzt nur der Nachbar Theo eine Möglichkeit gehabt, sich einen Abdruck davon zu machen. Ihn werde ich morgen auf jeden Fall einmal besuchen, wenn er von seiner Geschäftsreise zurück ist. Gibt es etwas Neues bei den Recherchen über den Konkurrenztanzclub?"

„Die haben etwas weniger Mitglieder, deswegen waren unsere Kollegen schnell durch. Sie haben alle ausnahmslos ein Alibi. Trotzdem könnte jemand von ihnen hier im Ort eine oder mehrere Personen mit Geld bestochen haben, die Tat durchzuführen. Das müsste aber dann schon länger geplant gewesen sein. Denn der gesamte Tanzclub dort war schon seit geraumer Zeit nicht mehr unterwegs."

„Es gibt Telefon und Internet", erinnerte ihn Greta. „Auf der einen Seite erleichtert es die Arbeit der Polizei, aber auf der anderen Seite kann so auch eine Tat viel unbemerkter eingeleitet werden. Habt ihr denn schon mal hier in den eigenen Reihen des Clubs ein bisschen recherchiert, Niklas?"

„Oh ja! Meine Beamten sind sehr fleißig. Die Mitglieder sind alle schon seit einigen Jahren zusammen. Nach dem ersten Eindruck hat keiner ein Motiv, die eigene Truppe zu sabotieren."

Greta zog die Augenbrauen hoch. „Aber Geld, eine hübsche Belohnung, kann oft motivieren."

„Wir haben jetzt auch gleich wieder eine Konferenz", teilte uns der Kommissar mit. „Jetzt geht es noch einmal um den Schutz von Sankt Augustine. Schließlich darf jetzt nicht noch mehr passieren." Er verabschiedete sich von uns und verließ das Holzhaus.

„Vielleicht sollte ich einmal ein Täterprofil aufstellen", schlug mir Greta vor. „Fangen wir einmal ganz von vorne an. Ist das die Tat einer Frau oder eines Mannes?"

Ich riss die Augen auf. „An solche Medikamente kann jeder kommen, egal ob er weiblich oder männlich ist."

„Darum geht es nicht. Wer nimmt solche Mittel für eine Tat?"

„Damit kommst du nicht weiter, Greta! Wir wissen ja nicht, was derjenige bezwecken wollte. Wenn er auf sich aufmerksam machen wollte, kann es sowohl ein Mann als auch eine Frau gewesen sein. Wenn der Tanzclub beim Wettbewerb blockiert werden sollte, dann traue ich das eher einer Frau zu, weil es ein relativ sanftes Mittel ist. Ein Mann wäre da vielleicht aggressiver und brutaler vorgegangen. Kann ich mir diesen Alexander auch einmal anschauen?"

„Ich werde ihn mir auf keinen Fall hierhin einladen, Abigail. Das sage ich dir gleich. Ich kann dir ein Rendezvous mit ihm verschaffen, im Gasthof „Zur Traube". Aber unter welchem Vorwand wollen wir ihn dorthin locken?"

„Im Gasthof? Das wäre nicht schlecht. Hat er denn irgendein besonderes Hobby? Ich könnte mit meinem normalen Beruf als Journalistin auftreten."

„Ich glaube, er ist von Natur aus sehr kreativ, wie viele sensible Menschen. Aber da ihm momentan nach seiner depressiven Phase noch der Antrieb fehlt, glaube ich, tut er im Moment nichts."

„Dann versuche es bitte herauszufinden! Wenn er sich dann anerkannt und gesehen fühlt, finde ich auch einen Weg zu einer fließenden Kommunikation mit ihm."

„Dann tu, was du nicht lassen kannst, Abigail. Ich halte ihn für harmlos und gar nicht clever genug, solch eine Sache durchzuziehen. Aber ich werde dir den Gefallen tun und herausfinden, was er für Hobbys hatte. Wenn er dann aber meint, ich hätte Interesse an ihm, dann musst du ihn mir wieder vom Hals schaffen, meine Liebe."

„Prima! Danke dir! Dann wird es jetzt auch für mich Zeit, nach Hause zu gehen. Ermanno kommt gleich aus der Uni, und zur Abwechslung würde ich mal ganz gern den Abend mit ihm verbringen."

„Da hast du Recht. Ich bin einmal neugierig, was er dir von seiner Assistentin erzählen wird. Wie viele Stunden verbringen sie denn am Tag zusammen?"

„Keine Ahnung! Ich werde ihn bestimmt nicht danach fragen."

Etwas kühler als sonst verabschiedete ich mich von ihr. „Trotzdem, wenn es dir hier in den nächsten Tagen zu einsam wird, im Schloss ist immer noch ein Zimmerchen für dich frei. Es könnte ja sein, dass du es im Moment hier im Blumenviertel etwas ungemütlich findest, seit der Wassermann auch hier sein Unwesen treibt."

„Oder die Wasserfrau. Ich tippe, dass es eine Frau ist. Denke daran, meine letzte Wette hätte ich auch gewonnen. Da ging es um eure Verlobung, das wusste ich auch schon lange vorher."

„Du hast oft eine gute Intuition", gab ich neidlos zu. „Komm einfach vorbei, wenn du willst."

„Mach dir keine Sorge. Der Bürgermeister hat mir tatsächlich mitgeteilt, dass er mir einen Wachschutz hierhin schickt. Er meint, es sei nötig wegen des gefundenen Goldschatzes. Und das sei jetzt ein Anliegen der Stadt. Ich werde also heute Nacht nicht allein sein."

Sie winkte mir fröhlich nach, als ich mich von ihrem Häuschen entfernte.

***

Im Schloss herrschte große Aufregung, denn Niklas hatte es nicht versäumt, auch den beiden Rossinis und den anderen Schlossbewohnern die neuesten Ereignisse mitzuteilen.

Ermanno schloss mich in seine Arme. „Und du warst natürlich wieder ganz nah dran am Geschehen!"

„Ich kam, als die Sanitäter sich schon eifrig um die Patienten bemühten. Aber es war schon ein erschreckendes Szenario. Jetzt bin ich froh, wieder hier zu sein."

Er küsste mich zärtlich. „Das kann ich mir vorstellen. Und weil ich heute schon früher nach Hause konnte, wartet auf dich schon ein kleiner Imbiss für unser gemütliches Abendessen zu zweit."

„Meinst du denn, wir können die Rossinis heute allein lassen nach diesem Schrecken?"

„Keine Sorge! Sie sind nicht allein. Carla und Bernhard haben sie in ihre kleine Wohnung eingeladen, weil sie wieder mal eines ihrer zahlreichen Jubiläen des Kennenlern-Tages feiern. Die gute Carla hat wieder mal versucht, extra für Moro ein typisch italienisches Essen zu kochen. Und unser guter Schlossherr hat mir bereits verraten, dass es ihm vor diesem Essen schon graut, weil es immer so schrecklich Deutsch schmeckt. Er mag die deutschen Speisen auch, aber nicht die italienischen, wenn sie ein Deutscher zubereitet hat."

Ich konnte mir ein Lachen nicht verkneifen. „Das geschieht Moro ganz recht. Wenn er sich nicht traut, Carla die Wahrheit zu sagen, dann muss er eben gute Miene zum bösen Spiel machen."

„Er will sie nicht kränken", verteidigte er den Maler.

Ich sah ihn herausfordernd an „Und sie ist eine Frau. Eine sehr schöne sogar. Da fällt es ihm sehr schwer, ihr eine Absage zu erteilen."

Er grinste. „Beziehst du das jetzt nur auf Moro oder auf alle Männer? Oder vielleicht nur auf die Italiener? Ich habe heute auch jemandem eine Absage erteilt."

Ich tat gelangweilt. „Wem denn?"

„Hanna, meiner Assistentin. Sie wollte mich zum Essen einladen, so als Dankeschön. Und gewissermaßen als ihren Einstand, den sie dabei begießen wollte."

„Sie war sicher sehr enttäuscht", vermutete ich.

„Ein bisschen schon. Aber sie hat akzeptiert, dass ich heute Abend lieber mit dir zusammen sein möchte, und jetzt geht sie mit Freunden aus."

„Du könntest sie mal hierhin in das Schloss einladen. Die Rossinis freuen sich immer über nette Gäste."

Er grinste breit. „Dabei könntest du sie auch direkt kennen lernen, Amore. Und du kannst mir dann sagen, wie du sie findest. Eine gute Idee, ich werde sie einmal fragen."

Ich folgte meinem Verlobten in die Dachwohnung, wo er für uns den Imbiss zubereitet hatte. Es gab Feldsalat mit Hähnchenstreifen, dazu ein Knoblauchbaguette und einen guten italienischen Weißwein.

„Und welches Angebot musstest du heute ablehnen?" interviewte er mich.

Ich berichtete ihm meine Erlebnisse bei Donnelly, Frau Leineweber und Greta.

Ermanno staunte. „Da war es bei dir doch noch etwas abwechslungsreicher. Und du meinst wirklich, dieser Alexander könnte mit solchen Aktionen auf sich aufmerksam machen wollen?"

„Es gibt solche Menschen", wusste ich. „Aber ich sehe tatsächlich noch keinen Zusammenhang zwischen ihm und der Tanzgruppe, es sei denn, dass er aus irgendeinem Grund Tänzer hasst, aber das werde ich hoffentlich noch herausbekommen."

„Ist er gefährlich? Könntest du dir vorstellen, dass er dir etwas tut, wenn er sich von dir entlarvt fühlt?"

„Das muss ich wohl Greta fragen. Sie kennt ihn, ich noch nicht. Aber ich könnte ein Treffen mit ihm so einrichten, dass du in der Nähe sein kannst. Und den Treffpunkt in unserem alten historischen Gasthof finde ich auch ganz passabel, da bin ich auch nicht allein."

„In Ordnung. Und dieser Theo? Brauchst du da Unterstützung?"

„Ich werde ihn morgen Nachmittag besuchen, wenn ich Frau Leineweber nebenan in der Wohnung weiß. Ich werde sie auch bitten, mich bis an die Tür zu begleiten. Sie hält ihn übrigens für total harmlos und ist möglicherweise in ihn verliebt."

„Dann ist sie vielleicht blind für mögliche versteckte Eigenschaften. Leider wirken die meisten Verbrecher auf den ersten Blick harmlos. Kann er eine Verbindung zu der Tanzgruppe haben?"

„Könnte er. Durch seine Versicherungen. Natürlich hätte ich das auch die Teilnehmer der Gruppe fragen können. Aber ich glaube, die sind jetzt erst einmal genug schockiert und werden dauernd von der Polizei und der Presse genervt. Da wende ich mich dann lieber erst einmal an diesen Theo."

„Und heute Abend? Hast du dafür auch schon einen Plan?"

Ich sah ihn lächelnd an. „Ein Plan? Nein, du inspirierst mich jedes Mal zu einer vollkommen neuen Spontaneität."

Er lächelte zurück. „Du hast keinen Plan? Dann habe ich eine Idee. Wir packen jetzt in einem Paket alle Erlebnisse des ganzen Tages zusammen ein, verschnüren es fest und tragen es vor unsere Wohnungstür. Danach schließen wir uns ein und lassen uns von niemandem mehr stören. Wir fangen an mit etwas romantischer Musik…"

„…Und lassen uns von ihrer Wirkung überraschen.", vollendete ich seinen Satz.

Der Abend in Begleitung romantischer Medien gehörte uns allein.

Vermutlich bewegten mich in dieser Nacht allerlei verschiedene Träume, aber am anderen Morgen konnte ich mich an keinen von ihnen erinnern.

Nach einem kurzen gemeinsamen Frühstück mit Ermanno, rief mich Adelaide in die Empfangshalle, wo Ron Pelzer auf mich wartete.

„Sind wir verabredet?" wunderte ich mich.

„Das waren wir nicht", gab er zu. „Aber da sie wieder einmal für Niklas recherchieren, musste ich mich unbedingt mit meinem Wissen an Sie wenden. Sie können doch sicherlich noch eine Spur zu einem möglichen Täter gebrauchen, oder?"

„Natürlich. Mir ist jeder recht, der ein Motiv hat oder die Gelegenheit, sich einen Schlüssel zu dem Theatersaal zu verschaffen."

Er grinste. „Mit beidem kann ich dienen. Es geht um meine Exfreundin Nathalie. Sie ist Mitglied der bewussten Tanzgruppe von Sankt Augustine und ist heute aus dem Krankenhaus gekommen. Sie war also dort im Theatersaal anwesend und hat ein Motiv."

Ich sah ihn herausfordernd an. „Sind Sie sicher? Oder wollen Sie sich nur an ihr rächen?"

Er sah mich empört. „Was denken Sie denn von mir?! Wir sind schon seit zwei Jahren getrennt, und es war einvernehmlich, soweit das möglich ist."

„Gratuliere! Dann gehören sie zu den wenigen, denen das gelungen ist. Sie begegnen sich also tatsächlich noch als Freunde? Und was wissen Sie jetzt über Ihre Exfreundin?"

„Nathalie hatte sich von mir getrennt, weil sie sich in Kevin von der Tanzgruppe verliebt hat. Die beiden waren jetzt zwei Jahre lang zusammen. Alle Leute haben geglaubt, dass es sich um das ideale Paar handelt. Immer, wenn ich sie traf, machten sie einen sehr verliebten Eindruck. Sie arbeitet in einer Apotheke in Wittentine. Nathalie selbst hatte noch einen zweiten Verehrer, das war Igor, der Vertreter für Medikamente ist und sie schon seit Jahren umschwärmt. Er ist nicht in der Tanzgruppe. Aber vor kurzer Zeit hat sich Nathalies Freund Kevin in Melanie verliebt, die ziemlich neu zur Truppe hinzu gestoßen ist und wohl auch sehr gut tanzen kann. Die beiden waren auch das Paar, das am längsten von der Narkose betroffen war, also Kevin und Melanie. Für mich ist das Ganze ein klarer Fall. Nathalie wollte nicht, dass ihr Exfreund mit seiner Neuen einen Sieg erringt, dafür hat sie dann selbst auf einen Sieg verzichtet. Und wie sie an das Medikament gekommen ist, das liegt doch nun auch ganz klar auf der Hand. Igor will sie unbedingt für sich gewinnen, da wird sie ihn gewissermaßen ein bisschen genötigt oder erpresst haben. Ich bin nett zu dir, wenn du mir das Medikament verschaffst. So stelle ich mir das vor, so kann es gewesen sein."

Ich nickte bedächtig. „Von der Logik her die ideale Täterin. Sie hat ein Motiv und hatte auch die Gelegenheit, ohne sich einen Schlüssel besorgen zu müssen, das Wasser zu präparieren. Was schlagen Sie jetzt vor? Haben Sie schon mit der Polizei gesprochen?"

„Oh nein, das halte ich für völlig verfrüht. Sie, Abigail sind eine private Ermittlerin. Sie machen das viel subtiler. Ich habe Sie schon öfter beobachtet, wie Sie Niklas geholfen haben, einige der Kriminalfälle zu lösen. Sie sind vorsichtig, und haben das nötige Feingefühl."

„Oh, jetzt schmeicheln Sie mir aber! Ich nehme an, damit wollen Sie mich unbedingt dazu bewegen, dass ich Ihrem Verdacht nachgehe und in diese Richtung weiter recherchiere. Stimmt's?"

„Sehen Sie, ich bin Journalist wie Sie. Trotzdem sind mir momentan meine Zeitungsartikel weniger wichtig. Es ist mir nämlich daran gelegen, dass Sie hier sehr vorsichtig ermitteln. Sollte ich nämlich mit meinem Verdacht Unrecht haben, dann täte es mir auch sehr leid, wenn dadurch die Freundschaft mit Nathalie gefährdet wäre. Sie würde es mir sehr übelnehmen, wenn sie unschuldig ist."

„Das kann ich gut verstehen. Was halten Sie davon, wenn ich einfach einmal in die Apotheke fahre und mich dort beraten lasse, zum Beispiel über irgendeine spezielle Hautcreme. Dabei könnte ich mit ihr ins Gespräch kommen."

„Da weiß ich noch etwas Besseres", verriet er mir. „Nathalie hat um 11:00 Uhr einen Friseurtermin in dem kleinen Salon beim Rosenturm. Der gehört meiner Schwester Lisa. Ich verschaffe Ihnen einen Termin etwa eine Viertelstunde vorher. In der Zeit können Sie sich etwas frisieren lassen und dann kommen Sie mit meiner Schwester ins Gespräch. Ich werde sie einweihen, ich weiß, dass sie sehr geschickt ist in solchen Sachen. Sie wird eine Möglichkeit finden, Sie beide, Nathalie und Sie, für eine Weile allein zu lassen. Und dann sagen Sie einfach, dass Sie sie in der Tanzgruppe schon einmal bei einem Auftritt gesehen haben, zum Beispiel beim letzten Sommerfest."

Ich freute mich. „Das ist perfekt. Sofern mir Ihre Schwester nicht eine neue Frisur verpasst, die meinem Verlobten später überhaupt nicht gefällt, bin ich damit einverstanden."

Er reichte mir seine Visitenkarte. „Bitte melden Sie sich bei mir, sobald Sie etwas wissen. Natürlich mag ich Nathalie noch auf eine freundschaftliche Art und Weise, und deswegen hoffe ich auch, dass mein Verdacht unbegründet ist. Aber leider wird man im Leben nicht immer nach seinen Wünschen gefragt."

Die junge Friseurin Lisa kannte ich gut. Sie kam öfters zu Adelaide ins Schloss und kümmerte sich um das schüttere Haar der älteren Dame. Ada freute sich dann jedes Mal, wenn sie Moro nicht zu lang allein im Schloss lassen musste, sondern selbst während einer

Dauerwelle ab und zu einmal in sein Zimmer schauen konnte. Ich hatte Lisa bei diesen Gelegenheiten schon öfters einmal einen Kaffee oder eine Tasse Schokolade gereicht und mich kurz mit ihr unterhalten. Sie war Friseurin aus Leidenschaft und liebte es, den Typ einer Kundin zu erraten und mit einer passenden Frisur zu krönen.

Als ich ein wenig später in dem kleinen Laden ankam, erwartete mich die begabte Stilistin bereits. Sie begrüßte mich mit einer Umarmung. „Schön, dich wieder zu sehen, Abigail! Und ich finde es ganz lieb von dir, dass du meinem Bruder hilfst.“

Ich zog die Augenbrauen hoch. „Ehrlich gesagt, ich tue es in der Hauptsache, um den ganzen Fall aufzuklären, aber wenn ich dabei gleichzeitig deinem Bruder einen Gefallen tue, soll es mir recht sein. Wir sind ja keine Konkurrenten, mit den Tageszeitungen habe ich nichts zu tun, deswegen stehe ich Ron auch ganz neutral gegenüber."

„Ach, schade! Und ich dachte, es gäbe etwas mit euch beiden. Ron fühlt sich doch ziemlich allein, seit er sich von Nathalie getrennt hat. Und ich dachte, du hättest dich auch von Rolf getrennt."

„Richtig, das habe ich auch, sogar schon vor einiger Zeit. Aber inzwischen bin ich mit Ermanno verlobt, einem Geologen und Biologen, den ich in Norditalien kennen gelernt habe. Und ich bin sehr glücklich mit ihm. Aber Ron wird bestimmt auch noch die Richtige finden, er ist ja noch jung. Musst du jetzt mit mir noch irgendetwas veranstalten, bevor Nathalie kommt?"

„Ich werde dir nur einen Umhang verpassen, mehr ist im Moment nicht notwendig. Und du kannst immer betonen, dass du viel Zeit hast. Dann wird gleich Nathalie kommen, und ich werde ihr schon einmal die Haare waschen, damit sie nicht wieder davonlaufen kann. Etwas später kommt dann eine gute Freundin von mir, Cordula, die im Rathaus in der Bibliothek und auf dem Amt arbeitet. Sie habe ich eingeweiht."

Ich freute mich. „Oh, Cordula ist auch eine Freundin von mir. Und nicht nur das, sie konnte mir bisher auch sehr oft Auskünfte geben, die mich weitergebracht haben. Und welche Rolle spielt sie heute?"

„Sie wird überraschend hier hereinschneien und mich um eine sofortige Behandlung bitten, weil es angeblich lebenswichtig ist. Dann verschwinde ich mit ihr im Nebenzimmer, und du kannst dich inzwischen mit Nathalie unterhalten. Sie ist übrigens schon etwas eitel, auf der Basis könntest du sie wohl leicht in ein Gespräch ziehen."

„Danke für deinen Tipp! So etwas ist immer wichtig zu wissen. Kennst du sie näher?"

„Am Anfang konnte ich sie schwer einschätzen. In der Apotheke arbeitet sie wohl sehr korrekt, sie wird geschätzt und gelobt, davon hat sie mir einiges erzählt. Und in ihrem Tanzclub ist sie schon sehr ehrgeizig. Sie macht auch viel Sport, damit sie sich fit und schön hält, aber im Gefühlsleben ist sie nicht so gefestigt. Ich nehme an, dass sie nicht viel echtes Selbstbewusstsein besitzt, und daher so auf das Lob der Menschheit angewiesen ist. Mit Ron war sie eine ganze Weile zusammen, das klappte auch recht gut. Aber der Kevin hat es wohl verstanden, ihr mehr Komplimente zu machen. Davon hat sie sich vermutlich etwas blenden lassen und hat dann Ron verlassen. Dem Kevin trauert sie schon noch ein bisschen hinterher, das merkt man ihr an. Aber ich kann nicht wirklich in ihr Inneres hineinschauen. Ich weiß nicht, wie tief er sie verletzt hat, als er sie wegen Melanie verlassen hat. Natürlich frage ich sie auch nicht aus. Ich als Friseurin bin es gewohnt, dass mir die Leute etwas erzählen, ohne dass ich frage."

Ich nickte. „Das kann ich mir denken. Sicherlich erlebst du auch sehr viel und könntest bestimmt Bücher darüber schreiben."

Sie lachte. „Das könnte ich, aber das wäre meinen Kunden sicherlich nicht recht." Sie blickte zum Fenster hinaus. „Da kommt sie schon. Wechseln wir das Thema!"

Die Tür öffnete sich, eine schlanke, große Frau mit blondem, lockigem Haar betrat in sportlicher Kleidung den kleinen Laden. Sie grüßte uns freundlich, als sie uns entdeckte.

„Schön, dass du da bist, Nathalie!" grüßte Lisa zurück. „Du kommst direkt dran. Abigail muss sich erst noch eine passende Farbe für ihre Strähnchen heraussuchen."

Sie führte die junge Frau zu einem Stuhl, legte ihr einen Umhang um und wusch ihr mit geschickten Händen die Haare. Als sie gerade damit beschäftigt war, Nathalie ein Handtuch umzulegen, riss Cordula die Ladentür auf und stürmte aufgeregt herein.

„Du musst mir das Leben retten, Lisa! Ich habe den wichtigsten Termin meines Lebens." Sie sah sich um und wandte sich an Nathalie und mich. „Entschuldigt bitte tausendmal! Das ist wirklich ein absoluter Notfall. Ich mache euch das auch wieder gut, und es dauert auch wirklich nur einen Moment. Habt ihr heute wichtige Termine?"

Nathalie schüttelte den Kopf. „Es ist heute Mittwoch, da muss ich heute Nachmittag nicht mehr in die Apotheke. Bei mir kommt es nicht auf ein paar Minuten an."

„Meine Termine sind auch erst später", verkündete ich wahrheitsgemäß.

Cordula atmete hörbar auf. „Wie wunderbar! Das werde ich euch nie vergessen. Ich lade euch dafür zu einem leckeren Essen in unseren historischen Gasthof ein. Natürlich zu einem Menü. Danke!" Sie folgte Lisa ins Nebenzimmer.

Nathalie trocknete sich die Haare. „Na, das muss ja ein ganz besonderer Termin sein. Vielleicht für eine Bewerbung?"

„Bestimmt für so etwas Ähnliches. Vielleicht auch für irgendein Passfoto. Na, mir soll es egal sein, ich hab es nicht so eilig."

„Ich auch nicht. Mein Verlobter kommt erst am späten Nachmittag nach Hause. Aber bis dahin muss ich auch gut aussehen. Er hat nämlich eine neue Assistentin bekommen, die sehr jung und hübsch ist. Da soll Lisa etwas Besonderes kreieren, damit er auch an mir etwas Neues entdeckt."

„Das hilft nicht immer", wusste Nathalie. „Bei mir hat es jedenfalls nichts geholfen. Und ich bin jetzt solo."

Ich schenkte ihr ein zutrauliches Lächeln. „Das tut mir leid. Eine neue Haarfrisur hilft natürlich nicht immer. Aber oft schon einmal bei Liebeskummer."

„Deswegen lasse ich mich ja auch verschönern. Aber meinen Freund kann ich damit nicht mehr beeindrucken, er interessiert sich nur noch für seine neue Flamme."

„Gehört er zu denen, die sich immer so schnell für andere begeistern. Oder ist er davon überzeugt, dass es die große Liebe ist?"

„Das ist schwer zu sagen. Ich glaube, er ist immer fasziniert von allem, was neu ist. Am Anfang war er auch sehr aufmerksam zu mir. Das hat mir natürlich sehr gefallen. Aber genauso schnell war es dann auch wieder vorbei."

„So etwas kommt leider oft vor, ist mir früher auch schon passiert. Aber es tut doch jedes Mal sehr weh."

Sie nickte. „Diese Melanie ist eine Schlange. Sie hat sich meinen Freund nur geangelt, weil sie mit ihm berühmt werden will. Sie haben sich nämlich auch bei anderen Tanzwettbewerben angemeldet, bei denen die einzelnen Paare bewertet werden. Es gibt eben Frauen, die gehen über Leichen."

Unbeabsichtigt bot sie mir damit den Übergang zu der schrecklichen Tat im Gemeindezentrum.

„Kannst du dir vorstellen, dass sie etwas mit dem Schlafmittel zu tun hat? Mit solch einer Meldung in der Zeitung kann man auch eine gewisse Berühmtheit erlangen."

„Und du meinst, sie könnte es in Kauf genommen haben, sich selbst gleichzeitig auch zu betäuben? Damit wird sie doch eher berüchtigt, aber nicht berühmt."

„Aber nur, wenn man ihr etwas nachweisen kann. Im Moment gilt sie ja noch als Opfer, das man bemitleiden kann. Und dann kenne ich auch noch eine Schauspielerin, die ist nur durch Negativschlagzeilen berühmt geworden. Ich musste sie früher einmal interviewen."

„Bist du etwa auch von der Zeitung wie mein Exfreund Ron?"

„Ich arbeite für einen Kunstverlag, der auch in dieser Richtung einige Broschüren herausgibt. Ich bin die Abigail."

„Ah, die Abigail Mühlberg, die hier schon mal dem Kommissar bei den Aufklärungen hilft. Bist du dieses Mal auch mit dabei?"

Was konnte ich ihr sagen, ohne zu lügen?

„Wenn ich etwas Verdächtiges finde, werde ich es Niklas weitersagen. Du kennst doch bestimmt diese Melanie näher. Was kannst du denn sonst noch über sie und ihren Charakter sagen?"

„Du kannst dir vorstellen, dass ich nichts Gutes über sie zu sagen weiß. Und ich gönne ihr auch nichts Gutes. Ich hasse sie wirklich, obwohl ich weiß, dass ich auch Kevin etwas Schuld geben muss. Schließlich gehören ja zu so etwas immer zwei, und er hätte sich wirklich nicht von ihr verführen lassen müssen. Eigentlich sollte ich froh sein, dass ich ihn los bin. Aber das bin ich nicht. Ich bin wütend und sauer und enttäuscht. Aber auch sehr traurig."

„Das kann ich sehr gut verstehen. Hast du eine Idee, wie man herausfinden kann, ob Melanie etwas mit der Tat zu tun hat?"

„Die Polizei müsste einfach alle Wohnungen von den Wettbewerbsteilnehmern untersuchen. Vielleicht fände man dann noch Reste von dem Medikament. Bei den Frauen reicht das vielleicht schon, wenn man in die Handtaschen schaut."

Ich zog die Augenbrauen hoch. „Ich glaube, so viel Mühe wird sich die Polizei nicht machen. Und der Täter wird sicher schon alle Reste entsorgt haben. Aber wie kommt man denn überhaupt an solch ein Mittel? Muss man sich das mit einem Rezept in der Apotheke holen?"

„Nein. Heute bekommt man alles im Internet und die verbotenen Dinge im Darknet. Das ist schon unverantwortlich. Ich arbeite ja auch in einer Apotheke, aber da geht alles noch schön ordentlich zu mit Rezepten, und bei Morphium und ähnlichen Mitteln gibt es auch noch Sonderregelungen."

Ich stellte mich dumm. „War denn in diesem Fall etwas Morphiumähnliches dabei?"

„Ich habe keine Ahnung. Das haben uns nicht einmal die Ärzte im Krankenhaus mitgeteilt, vermutlich um die polizeilichen Ermittlungen nicht zu stören. Ich bin auch schon sehr gespannt auf die Ergebnisse. Und wenn du mit

Niklas zu tun hast, gib ihm mal den Tipp wegen Melanie."

Lisa trat zu uns. „So, Cordula ist schon zur Hintertür heraus. Ich habe ihr eine besonders schöne Frisur verpasst. Jetzt geht es mit euch weiter. Aber egal, darf ich Nathalie zuerst behandeln? Sie ist ja noch nicht so lange aus dem Krankenhaus heraus, ich möchte sie nicht unnötig strapazieren."

„Natürlich, gern. Ich habe Zeit." Ich lehnte mich zurück und schloss die Augen, um meine Worte zu unterstreichen.

Lisa kümmerte sich um Nathalie und föhnte ihr mit einer Rundbürste seidige Locken, die ihr Gesicht freundlich umrahmten.

„Bleibt euer Tanzclub denn jetzt zusammen?" fragte sie nebenbei.

„Ja, wir wollen zusammenbleiben, aber den Rekordversuch so schnell nicht wiederholen. Wir konzentrieren uns jetzt lieber auf normale

Vorführungen. Da ist zum Beispiel die Einweihungsfeier des Theaters, da werden wir dann etwas vortragen."

„Und es verdächtigt jetzt nicht einer den anderen? Seid ihr jetzt denn untereinander nicht misstrauisch?"

„Ich traue es ja sonst keinem zu, außer dieser unmöglichen Melanie. Und wenn ich ganz ehrlich bin, vermutlich bin ich auch da zu voreingenommen, weil sie mir selbst so übel mitgespielt hat."

Ich sah sie an und versucht herauszufinden, ob sie das ernst meinte, was sie sagte. Versuchte sie den Verdacht auf die Rivalin zu lenken? Oder hatte sie wirklich keine Ahnung? Im Spiegel konnte ich ihre Augen sehen, die mich anblickten, aber ich vermochte nicht zu enträtseln, was sie wirklich fühlte.

„Kannst du dir vorstellen, dass diese Melanie eine kriminelle Ader hat?" wandte ich mich an Nathalie.

Sie nickte. „Ja, natürlich. Wer keine Hemmungen hat, einer anderen Frau den Partner auszuspannen, der ist rücksichtslos, und er hat auch vermutlich keine Hemmungen, seine Mitmenschen zu betäuben, wenn es dem Zweck dient, anderen Menschen zu schaden."

„Hätte sie kein Mittel finden können, anderen zu schaden, ohne selbst betroffen zu sein?" wunderte sich Lisa. „Ich habe erfahren, dass ihr auf einem guten Weg zum Sieg wart. Warum hätte sie sich den selbst verderben sollen, wenn sie mit ihrem Freund an der Spitze stand."

Nathalie überlegte. „Ich kann mir nur eines vorstellen. Vielleicht hat sie gemerkt, dass sie in Wirklichkeit nicht die Kondition hat, das Ganze durchzuhalten. Und deswegen wollte sie sich vermutlich nicht blamieren, sie wollte nicht schlapp machen. So hat sie dann der ganzen Farce ein Ende gemacht."

Lisa blinzelte mir zu. „Dieses Motiv könnte natürlich jeder der Teilnehmer gehabt haben", fand sie und sprühte etwas Haarspray auf Nathalies fertige Frisur.

„So, jetzt siehst du wieder schick aus." Sie nahm ihr den Frisierumhang ab und ließ ihn in den Wäschekorb gleiten. „Gefällt es dir so?" Lisa hielt ihr einen Handspiegel hinter den Kopf.

Nathalie seufzte. „Hast du schon gut gemacht, aber es ändert natürlich nichts an meiner Situation. Ich fühle mich noch nicht wirklich besser. Was macht man eigentlich gegen Liebeskummer?"

„Normalerweise hätte ich dir geraten, tanzen zu gehen", bemerkte Lisa. „Aber dann meinst du nachher, ich nehme dich nicht ernst. Kannst du nicht im Internet irgendwo auch nach einem neuen Tanzpartner suchen? Oder frag mal Abigail, die kennt doch auch viele Menschen."

Nathalie sah mich an. „Kennst du denn jemanden, der sich als neuer Tanzpartner eignet?"

„Nein, so auf Anhieb nicht. Aber bei uns im Schloss wohnt eine ganze Reihe netter junger Künstler. Die überraschen uns ständig mit ihren spontanen Darbietungen. Da gibt es fast jeden Abend ein kleines Konzert, ein paar Sketsche oder eine Lesung. Ein paar Singles sind auch dabei. Komm doch einfach heute Abend mal vorbei!"

Nathalie zeigte Interesse. „Brauche ich da nicht eine Einladung von den Rossinis?"

„Ich lade dich ein. Adelaide hat nichts dagegen, wenn ich ab und an eine nette Bekannte mitbringe."

Sie sprang auf. „Prima. Dann bin ich mit dabei. Es muss endlich etwas geschehen, ich kann nicht immer weiter in Trübsal versinken. Ich werde mir noch überlegen, ob ich nicht ganz aus dem Tanzclub austrete."

„Übertreibcn musst du es nicht gleich!" riet ihr Lisa. „Schau dir erst einmal das Künstlervölkchen an."

Nathalie folgte ihr an die Kasse, bezahlte die Behandlung und verabschiedete sich von uns.

„Bis heute Abend!" rief sie mir zu und verließ den Laden.

***

„Und was hältst du jetzt von ihr?" erkundigte ich mich bei Nathalie.

„Ich glaube, sie spielt Theater. Sie hat den Verdacht sofort von sich abgelenkt und ihre Rivalin angeprangert. Vielleicht hat sie tatsächlich auch selbst gemerkt, dass sie bald schlapp macht und wollte sich nicht vor Melanie und Kevin blamieren. Sie hatte also gleich mehrere Motive, die Eifersucht bestimmt ebenfalls."

„Auf den ersten Blick wirkt sie völlig harmlos. Aber das sagt bekanntlich noch gar nichts. Vermutlich muss ich sie erst heute Abend noch besser kennenlernen. Ich hoffe, dass Ermanno nichts dagegen hat, wenn ich unseren gemütlichen Abend dadurch störe."

In diesem Augenblick entdeckte ich, dass ich zwei Kurznachrichten erhalten hatte.

Die erste kam von Nora Leineweber, die mir mitteilte, dass Theo, ihr Nachbar, wieder zu

Hause sei und mich erwarte, sobald ich Zeit hätte.

Die zweite erhielt ich von Ermanno, der mir mitteilte, dass es heute spät werden würde, weil er an einer Besprechung mit dem Direktor teilnehmen müsse.

„Jetzt muss ich mir keine Gedanken mehr machen, was Ermanno dazu sagt, dass ich mich mit Nathalie beschäftige. Diese Sache hat sich also erledigt."

Gut, dass Greta jetzt nicht in der Nähe war. Ich hätte darauf schwören können, dass sie meinen Verlobten sofort verdächtigte, mich mit Lügen abzuspeisen. Sicher trifft er sich mit Hanna, würde sie sagen. Der Termin mit dem Direktor ist doch nur vorgeschoben.

„Was gibt es denn?" Lisa sah mich neugierig an.

„Programmänderung für heute Abend, ich werde Zeit für Nathalie und weitere

Recherchen haben. Aber jetzt muss ich mich etwas beeilen, ein weiterer Verdächtiger will sich mir vorstellen. Könntest du mir vielleicht einen Gefallen tun?"

Sie zupfte ein bisschen in meinen Haaren herum. „Eine neue Frisur?"

„Nein, bitte sag deinem Bruder Bescheid, dass ich mir noch kein Urteil über Nathalie bilden konnte. Ich werde mich aber weiter darum kümmern. Sie ist immer noch in dem Kreis der Verdächtigen."

„Kein Problem. Aber pass gut auf dich auf. Wie sagte Nathalie vorhin? Der Täter muss eine Hemmschwelle überwunden haben. Ich habe mal darüber was nachgelesen, wer die einmal überwunden hat, dem ist alles zuzutrauen."

„Ich weiß nicht, ob das stimmt. Ich muss Greta einmal fragen, die hat Psychologie studiert und kennt sich da noch besser aus. Also, dann bis später!"

Auf dem Weg zu dem Versicherungsvertreter versuchte ich mir noch einmal über Nathalie klar zu werden. War sie das stille Wasser, das im Inneren ungezügeltes Temperament verbarg? Warum hatte sie mir all das über sich erzählt, auch ihren Liebeskummer und ihre wütenden Gefühle, ihre Eifersucht, ihren Hass vor mir ausgebreitet?

War sie so ehrlich frei heraus oder wollte sie mir damit nur vorspielen, dass sie durchschaubar war?

Ich kam zu keinem Ergebnis, und als ich das Haus erreichte, in dem die Leinewebers und dieser Theo wohnten, war ich froh, aus diesem Gedankenkarussell herauszukommen.

„Theo Fritz", las ich auf dem Namensschild unter der Klingel. Entschieden drückte ich den Knopf.

Ein Herr mit angegrauten Schläfen öffnete mir die Tür, sein Alter war schlecht einschätzbar, er konnte ebenso gut Mitte 30 wie Anfang 50 sein. Sein breites Lächeln wirkte eine Spur zu aufdringlich. Ich spürte, dass er es gewohnt war, Eindruck zu schinden, als er mit einschmeichelnder Stimme sagte: „Theo Fritz ist mein Name. Sehr verwirrend, gnädige Frau, da sich die meisten nicht ganz sicher sind, welches mein Vorname und welches mein Nachname ist. Der Einfachheit halber nennen Sie mich doch bitte Theo!"

Ich zögerte. „Wenn Sie meinen! Nora hat Ihnen bestimmt schon meinen Namen verraten. Dann können Sie mich auch Abigail nennen. Ich möchte Sie auch gar nicht lange stören, sondern habe nur eine kurze Frage."

Er führte mich ins Wohnzimmer, bot mir Platz an fragte mich, ob er mir etwas anbieten könne. Ich lehnte dankend ab. „So lange wird es nicht dauern."

Er setzte sich mir gegenüber und sah mich mit einem gewinnenden Lächeln an. „Was kann ich für Sie tun? Nora hat mir erzählt, dass es sich um den Schlüssel vom Theatersaal handelt."

„Richtig. Da wollte ich wissen, ob Sie vielleicht zufällig jemanden beobachtet haben, der bei Ihrer Nachbarin den Schlüssel kurzfristig ausgeliehen haben kann."

Theo überlegte. „Nora hatte schon sehr lange keinen Besuch mehr. Soviel ich weiß, wohnen ihre Freundinnen sehr weit weg, mit denen trifft sie sich dann nur mal im Urlaub. Und einen Partner oder einen festen Freund hatte sie nun auch schon länger nicht mehr. Sie arbeitet auch sehr viel, um ihrer Tochter Lena ein gutes Leben zu ermöglichen. Sie ist sehr fleißig, müssen Sie wissen. Ich hoffe, Sie haben sie nicht in Verdacht, etwas mit dem Verbrechen zu tun zu haben."

„Mein Bauchgefühl sagt mir auch, dass sie ein sehr liebenswerter Mensch ist, der nichts Böses im Schilde führt. Natürlich kann man sich auch immer einmal täuschen. Sie sind sich also auch ganz sicher, dass Ihre Nachbarin nichts mit der Sache zu tun hat?"

„Natürlich. Für sie würde ich die Hand ins Feuer legen, und ich kenne sie nun schon eine ganze Weile. Darf ich Ihnen wirklich nichts anbieten? Ein Gläschen Wein oder einen Cognac vielleicht? Sie sehen etwas blass aus."

„Das macht der lange Winter. Nein, danke! Vielleicht ein Glas Wasser?"

Er stand auf und verließ den Raum. In der Zeit schaute ich mich um. Die einfachen Möbel strahlten wenig Atmosphäre aus, qualitativ hielt sich die spärliche Einrichtung im bescheidenen Rahmen. Ich entdeckte fast überall die Regale und Schränke, die man mit etwas Geschick selbst zusammenbauen konnte.

Zu dumm, wenn er jetzt tatsächlich der Täter war, dann hatte er jetzt eine gute Gelegenheit, mich auch zu betäuben. Ich beschloss, das Wasser, das er mir brachte, nicht anzurühren.

Er stellte das Glas vor mich hin. „Ich sehe doch, Sie haben doch noch etwas auf dem Herzen. Fragen Sie mich nur, jetzt habe ich gerade keinen Termin!"

„Kennen Sie eigentlich auch Personen vom Tanzclub?"

„Ja, sicher. Einige, aber nicht alle. Das Städtchen hier, unser Sankt Augustine, ist klein. Da kennt sich fast jeder. Ich wohne ja nun schon einige Jahre hier, und durch meinen Beruf habe ich auch mit sehr vielen zu tun. Da gibt es einige Klienten in meiner Kartei, die sich von mir versichern ließen."

„Die Truppe auch? Hat da vielleicht jemand eine besondere Versicherung bei Ihnen abgeschlossen?"

„Das müsste ich dann doch erst einmal im Computer nachschauen. Ich habe nicht alle Daten im Kopf. Der eine oder andere wird sicher eine Haftpflicht- oder Rechtschutzversicherung bei mir abgeschlossen haben."

„Gut, vielleicht können Sie mir dann in den nächsten Tagen einmal eine Liste schicken, das könnte mir vielleicht weiterhelfen. Aber jetzt möchte ich noch einmal darauf zurückkommen, ob jemand Noras Schlüssel entwendet haben kann. Bitte erinnern Sie sich noch einmal ganz genau, ob es nicht doch noch irgendjemanden gibt, der den Schlüssel entwenden konnte."

„Auch wenn es mich jetzt verdächtig macht, ich weiß, wo Nora den Schlüssel aufbewahrt, wenn sie zu Hause ist. Sie hat es mir einmal gesagt, weil sie ihn einmal beinahe vergessen hätte, als wir miteinander die Wohnung verließen."

„Sie waren schon öfter bei ihr?"

„In der letzten Zeit nicht, da war ich so viel unterwegs. Aber in der Weihnachtszeit, da hatte sie Plätzchen gebacken und Stollen, dazu brühte sie stets einen würzigen Tee auf. Wir haben dann manches Stündchen bei ihr in der Küche verbracht, während die Kinder Hausaufgaben gemacht haben."

„Ach ja, richtig. Die kleine Saskia ist ja auch ein steter Gast bei den Leinewebers. Es ist schön wenn ein Einzelkind die Gelegenheit hat, ständig mit einer Freundin zusammen sein zu können."

„Oh, da fällt mir etwas ein. Genau genommen gibt es doch noch zwei Personen, die den Schlüssel kurz entwendet haben können."

„Wirklich? Sie machen mich neugierig." Fast hätte ich automatisch das Wasserglas erhoben und davon getrunken, im letzten Augenblick bremste ich mich.

„Ja, dass ich daran nicht gedacht habe! Saskia wird immer am späten Nachmittag abgeholt. Manchmal von ihrem Vater, dem Architekten Müller selbst und manchmal von ihrem Bruder dem 14-jährigen Konstantin, der in Wittentine auf eine Tagesschule geht."

„Herr Müller? Was hätte er denn für ein Motiv? Hat er irgendetwas mit der Tanzgruppe zu tun?"

Theo überlegte. „Da fällt mir momentan auch nichts ein. Er ist Architekt, vielleicht hat er den Italienern ein wenig geholfen bei der Herrichtung der neuen Fassade des Gemeindezentrums oder der Inneneinrichtung? Ich weiß es nicht. Aber mit den Tänzern? Da sehe ich keine Verbindung."

Ich dachte nach. „Und dieser Konstantin ist mit seinen 14 Jahren noch zu jung für die Tanzgruppe."

„Richtig. Die sind alle schon etwas älter, soviel ich weiß, sogar alle von über 21. Das hat mir einmal Nora erzählt. Da hat so ein Knirps natürlich nichts zu suchen."

„Kennen Sie denn Müller und seinen Sohn näher?"

„Man sieht sich ja oft im Treppenhaus und grüßt sich. Seine Familie ist nicht bei mir versichert. Die wohnen ja schon seit Ewigkeiten hier in ihrer hübschen Villa am Rande der Stadt. Ich glaube, jeder kennt sie, aber es gibt keine Skandale, keine Geschichten über sie."

„Eifersucht fällt dann auch als Motiv aus", fiel mir ein „Er ist ja Witwer und nicht verheiratet. Könnte er mit einer der jungen Frauen vom Tanzclub ein Verhältnis haben?"

„Theoretisch ja, aber mir ist nichts darüber bekannt. Die meisten Mitglieder im Tanzclub sind ja Paare, soviel ich weiß. Und was hätte er auch davon, sie alle zu betäuben, damit sie den Wettbewerb nicht gewinnen?"

„Ein Racheakt, weil ihn eine Frau abblitzen ließ?"

„Sie haben aber viel Fantasie. Ich könnte Sie schon gut bei meinen Versicherungsaktionen gebrauchen. Nein, warum sollte er sich dann an der ganzen Gruppe rächen? Das klappt doch privat viel unauffälliger. Er scheint auch sehr solide zu sein, wie man hört. Mir macht er nicht den Eindruck, als würde er sich in fremde Partnerschaften hineindrängen."

Ich seufzte. „Tja, wenn man immer nach dem Eindruck gehen könnte! Ich muss einfach nach Motiven suchen."

„Ich werde mich für Sie auch einmal umhören, Abigail. Und auf meine Diskretion können Sie sich verlassen!"

„Gut!" Ich bedankte mich bei ihm. „Ich werde mich melden, wenn ich von Ihnen noch etwas wissen möchte."

Wieder setzte er sein übertrieben freundliches Lächeln auf. „Jederzeit, Abigail! Sie sind immer willkommen!"

Ich ließ das Wasser stehen und verabschiedete mich von ihm. „Tut mir leid, dass ich es jetzt plötzlich so eilig habe, ich habe völlig die Zeit vergessen und nicht daran gedacht, dass ich noch einen wichtigen Termin habe."

Er geleitete mich zur Tür. „Sagen Sie nur Nora oder mir Bescheid, und ich bin für Sie da!"

Im Hausflur traf ich Nora, die gerade mit den beiden Kindern hereinkam. Die beiden Mädchen nahmen ihrer Mutter den Schlüssel aus der Hand und öffneten die Wohnungstür.

Nora und ich begrüßten uns herzlich und blieben einen Augenblick im Hausflur stehen.

„Kommst du gut weiter?" erkundigte sie sich bei mir.

Ich verzog den Mund. „Überhaupt nicht. Wir haben da übrigens noch zwei Personen vergessen, die deine Wohnung ab und zu betreten. Theo ist auf die Idee gekommen, dass auch Saskias Vater und ihr Bruder deine Wohnung betreten. Könnten Sie auch den Schlüssel entwendet haben?"

Laura schüttelte den Kopf. „So etwas würden die beiden nie tun. Herr Müller ist in der ganzen Stadt bekannt als seriöser Geschäftsmann und Bürger. Er sitzt, glaube ich, auch irgendwo im Rat der Stadt. Und der Konstantin, der ist doch noch ein Kind. Er ist ein sehr guter Schüler und hilft am Abend seiner kleinen Schwester immer noch. Er kontrolliert auch gemeinsam mit dem Vater Saskias Hausaufgaben, und oft spielen sie dann auch noch gemeinsam etwas. Sie sind eine intakte Familie. Allerdings haben sie auch eine Haushälterin, auf die man sich verlassen kann. Da merkt man auch, dass eine Frau im Haus ist. Sie kümmert sich um alles, um das Essen und um die Wäsche und schon morgens um das Frühstück der Kinder und die Schulbrote. Du kennst sie bestimmt, es ist die Schwester von Herrn Bühler, unserem Gastwirt. Sie ist eine ganz patente Frau, schon etwas älter und verwitwet."

„Also keine Heiratskandidatin für Herrn Müller", stellte ich fest.

Laura lachte. „Ganz bestimmt nicht. Dafür ist sie viel zu alt, aber auch sonst würde sie nicht zu ihm passen. Ich denke, er wird sich bestimmt eines Tages noch jemanden suchen, der zu ihm passt."

„Vielleicht dich?" scherzte ich.

„Nein, er ist nicht mein Typ. Und ich denke, eine Frau von ihm muss auch ein bisschen repräsentieren können. Das ist nicht so mein Ding."

„Theo?"

„Ach nein, Abigail! Theo auch nicht. Als Freund ist er ganz nett. Aber ich glaube nicht, dass er der richtige Vater für Lena wäre. Er hat selbst mehrere Kinder und macht keine Anstalten, sie zu besuchen. Er behauptet immer, die Mutter hetze die Kinder gegen ihn auf. Gut, so etwas gibt es, aber bei ihm habe ich einfach den Eindruck, dass es ihm ganz recht so ist. Er findet es ganz schön, dass er die Verantwortung an seine Frau abgeben kann. Viele Männer sind da sehr bequem, glaub es mir."

„Darüber kann ich nicht viel sagen. Ich habe einen erwachsenen Sohn aus meiner früheren Ehe, der hat und ab und zu mal seinen Vater besucht, es war kein besonders inniges, aber auch kein schlechtes Verhältnis. Da habe ich einfach zu wenig Erfahrung, um mir ein Urteil zu erlauben."

„Na ja, ich finde den Theo schon ganz nett. Ich kann mich ganz gut mit ihm unterhalten. Und wenn man immer allein ist … Aber Lena findet auch nicht den richtigen Draht zu ihm. Deshalb möchte ich ihn nicht als festen Freund."

„Das kann ich verstehen, aber sonst ist er okay, meinst du?"

„Wenn du damit meinst, er könnte den Schlüssel entwendet und etwas mit dem Tanzclub zu tun haben, dann muss ich einfach sagen, so etwas traue ich ihm nicht zu. Und er hat überhaupt kein Motiv, wirklich nicht!"

Ich überlegte. „Gibt es denn jetzt irgendjemanden, den die Geschädigten verklagen können? Können die Mitglieder vom Tanzclub einen Veranstalter verklagen?"

Nora schüttelte den Kopf. „Nein. Sie machen den Wettbewerb alle auf eigene Verantwortung mit. Vielleicht solltest du dich wirklich nicht so sehr da reinsteigern. Vermutlich liegen wir mit unseren Vermutungen hier ganz falsch. Bestimmt kommt dir morgen früh der Kommissar ganz fröhlich entgegen und erzählt dir, dass der Konkurrenzclub, oder jedenfalls einer von ihnen hier irgend einen brotlosen Typen engagiert hat und ihm viel Geld dafür bezahlt hat, dass er das Schlafmittel hier in die Becher verteilt."

Ich schüttelte energisch den Kopf. „Und was ist dann mit den Leuten bei Greta, die dort nach Gold graben wollten. Das muss doch jemand sein, der ständig hier wohnt."

„Ach, das war bestimmt nur noch der Rest, den der Täter übrig hatte und nicht wusste, wohin damit."

„Irgendetwas stimmt damit nicht. Ich glaube, wir laufen einer völlig falschen Spur hinterher. Irgendetwas ganz Wichtiges beachten wir hierbei nicht. Aber es tut mir leid, dass ich dich jetzt so lange aufgehalten habe. Die Kinder haben bestimmt schon Hunger."

„Das ist kein Problem. Ich denke, sie werden jetzt inzwischen schon alles vorbereitet haben. Sie sind super! So verständig, immer sind sie bemüht, mir zu helfen."

„Vermutlich haben sie in dir eine gute Lehrerin gehabt, Nora. Dann guten Appetit für euch alle. Ich muss jetzt erst mal einen langen Spaziergang machen und meine Gedanken sortieren.

Vielleicht habe ich irgendwo einen Denkfehler."

Über einen Denkfehler dachte ich noch lange nach, während ich die engen Gassen des historischen Städtchens durchquerte. Erst auf dem freien Feld atmete ich auf und nahm den Duft der frischen Erde und des jungen Grüns wahr.

Beim Gutshof der Zwillinge Jasmin und Senta Schirmer entdeckte ich Maria, die ein Pferd striegelte. Als sie mich entdeckte, machte sie mir von weitem ein Zeichen, das mich zum Näherkommen aufforderte.

„Ich muss dir unbedingt etwas erzählen, Abigail", platzte sie heraus. „Clemens hat mich für heute eingeladen. Es ist Mittwoch, und da macht er die Praxis nachmittags zu. Gerade ist er in die Stadt gefahren, um einzukaufen. Und heute Abend, da will er für uns kochen und etwas ganz Besonderes zaubern."

„Dann könnt ihr euch näher kennenlernen", stellte ich ohne große Begeisterung fest. „Es wird sicher ein interessanter Abend."

Sie strahlte mich an. „Was sagst du nun dazu? Er interessiert sich für mich."

„Kein Wunder, du bist eine junge und hübsche Frau, dazu noch intelligent. Davon kann sich unser Dr. Hans-Dampf-in-allen-Gassen schon geschmeichelt fühlen."

„Warum gönnst du ihm denn nicht diesen zweiten Frühling? Jedem Menschen steht er zu."

„Oh, ich weiß nicht, der wievielte es für ihn ist. Aber ich gönne ihm natürlich alles, aber ganz besonders dir gönne ich eine erfüllende, dauerhafte Partnerschaft."

„Vielleicht bin ich die, auf die er immer gewartet hat", hoffte Maria. „Obwohl ich eine ganz selbstbewusste Frau bin, weiß ich doch, was Männer in dem Alter mögen. Und es macht mir gar nichts aus, ihn auch etwas zu bewundern, was er offensichtlich ganz nötig braucht."

„Wenn es dir tatsächlich nichts ausmacht und du dich dabei nicht zu sehr verdrehen musst, dann solltest du es wirklich einmal probieren.

Ansonsten ist er ja ein ganz netter Kerl, und als Tierarzt wirklich liebenswert und patent."

„Also hab ich deinen Segen?"

Ich lachte. „Wozu brauchst du meinen Segen? Damit ich es nachher schuld bin, wenn alles schief geht?"

„Nein, Abigail. Aber du kennst ihn ja nun wirklich schon etwas länger. Ich denke, dass er eine Chance verdient, zu beweisen, dass er kein Casanova bleiben muss, wenn er eine passende Partnerin gefunden hat."

„In der Liebe kann man sowieso keinen Rat geben. Wenn du keine Angst vor Liebeskummer hast, und deine Gefühle stark sind, warum solltest du ihm dann keine Chance geben? Vieles im Leben ist ein Risiko, vieles muss man einfach ausprobieren."

Sie grinste. „Ich wusste es. Vermutlich würdest du es genauso tun. Gibt es schon etwas Neues über die eingeschläferten Tänzer?"

„Wir tappen immer noch im Dunkeln. Ich bin jederzeit für irgendeine Anregung oder Idee offen."

„Ich kenne mich da nicht so aus, Abigail. Ich hab es nicht so mit diesen Wettbewerben. Da interessiert mich schon eher alles, was mit Tieren und besonders mit Pferden zu tun hat. Solche Wettbewerbe finde ich einfach blöd."

Ich sah sie interessiert an. „Das musst du mir näher erklären, vielleicht finde ich dadurch einen Anhaltspunkt. Was findest du an solchen Wettbewerben blöd? Vielleicht sind andere ja auch deiner Meinung."

„Ich mag auch keine Pferdewettrennen, keine Autorennen und überhaupt keine übertriebenen Rekordversuche. Das ist so etwas Unnatürliches. Ich weiß auch nicht, ob das echten Spaß macht. Für mich sind das alles Leute, die ein bisschen verrückt sind. Und manche dieser Wettbewerbe finde ich auch gefährlich. Da können Pferde verunglücken oder Rennfahrer, und bei so einem Tanzwettbewerb könnte auch jemand seine Gesundheit extrem schädigen durch die Anstrengungen."

„Das ist ein ganz neuer Gedanke, Maria. Aber gar nicht mal so schlecht. Allerdings wird jetzt der Kreis der Verdächtigen dadurch noch um Vieles größer. Da müssen wir ja jetzt jeden der Verwandten und Freunde der Tanzclubmitglieder unter die Lupe nehmen, um festzustellen, wer ähnliche Gedanken hat wie du."

„Aber du gibst doch zu, dass meine Gedanken nicht völlig abwegig sind? Immerhin waren doch zuletzt auch ein paar Goldsucher betäubt worden. Vielleicht hat sich der Täter auch dabei etwas gedacht. Er wollte dort vielleicht auch verhindern, dass Verrückte das ganze Naturschutzgebiet durchforsten."

„Also wirklich, Maria. So abwegig ist das nicht. Ich werde das auf jeden Fall in meine Recherchen mit einbeziehen. Danke dir für diese neue Idee."

„Was hast du jetzt vor?" erkundigte sie sich.

„Ich besuche erst einmal Greta, und schaue, wie weit sie mit den Renovierungen ist. Manchmal ist es ganz gut, wenn man den Kreis der Überlegungen unterbricht, damit man sich nicht so verzettelt. Dafür ist so ein Spaziergang immer ganz gut."

„Grüße sie schön von mir, ich muss jetzt noch ein Schönheitsbad nehmen und mich auf heute Abend vorbereiten."

Ich nickte ihr zu. „Eigentlich bist du schön genug, aber wenn du dich danach noch wohler fühlst … Viel Spaß dann!"

Ich setzte meinen Weg durch das Blumenviertel fort. Zwischen den Zweigen der Birken, deren helles Grün meine Blicke anzog, versteckten sich schon die ersten singenden Vögel. Buschwindröschen zeigten mir schüchtern ihre zarten Gesichter.

Hinter einer neu errichteten Schranke entdeckte ich Ben, der gerade einen schimpfenden Mann besänftigte.

„Es tut mir wirklich leid für Sie! Aber im Augenblick ist dieses Gebiet vollständig gesperrt, das ist eine beschlossene Sache."

Der Fremde schimpfte weiter. „Ich werde mich beschweren. Dieser Teil hier ist für alle Menschen zugänglich zu machen. Er gehört nicht zum Naturschutzgebiet. Es ist eine Unverschämtheit, dass man hier nicht einmal mehr spazieren gehen darf."

„Das müssen Sie schon verstehen! In den letzten Tagen waren hier zu viele Menschen, die alles hier umgraben wollten. Und das muss einfach unterbunden werden. Dafür haben Sie doch sicherlich Verständnis. Unser schönes

Blumenviertel darf nicht so verschandelt werden."

„Ich wollte hier nur spazieren gehen", verteidigte sich der Mann.

„Auch das ist eben momentan leider nicht möglich. Zu viele Spaziergänger haben sich nachher als Goldsucher und Gräber entpuppt. Da können wir jetzt kein Risiko eingehen. Aber wir hoffen, dass sich diese Menschen nach und nach wieder beruhigen. Hier soll es nämlich keine weiteren Schätze geben, da die Römer wohl nicht in diese Gegend vorgedrungen sind. Dieser Schatz ist vermutlich viel später an diesen Ort gebracht worden. Und bis jetzt weiß man nicht, von wem."

„Auf jeden Fall werde ich mich über das Ganze beschweren", entschied der Fremde. Er entdeckte mich. „Sie werden auch kein Glück haben, junge Frau! Selbst wenn Sie Ihren ganzen Charme versprühen, wird der Polizeibeamte hier keine Ausnahme machen."

„Da muss ich Sie leider enttäuschen", gab ich zurück. „Ich recherchiere nämlich auch wegen dieser unerlaubten Goldgräber und bin eine gute Freundin der glücklichen Finderin des Schatzes. Ich bin also beruflich hier und beanspruche deswegen eine Sondergenehmigung."

„Sie kennen Greta? Nun, dann kann ich mich ja auch outen, ich heiße Alexander Frisch und kenne die Dame schon seit einer Weile. Dann könnte ich doch mit Ihnen kommen."

Ich erinnerte mich an seinen Namen. Das musste der Patient sein, der sich für meine Freundin interessierte.

Ich zog die Augenbrauen hoch. „Sind Sie denn angemeldet?"

„Nein. Es sollte eine Überraschung werden. Aber dieser Beamte gibt einem ja nicht einmal die Gelegenheit, etwas Derartiges durchzuführen."

„Greta hat momentan sehr viel Arbeit", wusste ich. „Ich glaube, an Überraschungen ist sie im Moment weniger interessiert. Ich könnte kurz telefonisch bei ihr anfragen, ob Sie momentan willkommen sind?"

Er sah mich beleidigt an. „Ich bin nicht auf das Wohlwollen anderer angewiesen. Machen Sie sich um mich keine Gedanken, da gehe ich lieber wieder zurück."

Ich hob kurz die Schultern. „Tut mir leid. Mehr kann ich auch nicht für Sie tun. Dann noch einen schönen Tag!"

Tief durchatmend wandte ich mich an Ben. „Du hast es ja nicht einfach. Stehst du hier freiwillig, oder hat man dich hierhin beordert?"

„Nachdem wir hier heute Morgen wieder solch einen Andrang hatten, habe ich mich freiwillig mit ein paar anderen zu einer Extrawache entschlossen. Schließlich wollen wir alle, dass dieses wunderschöne Blumenviertel erhalten bleibt."

Alexander Frisch trollte sich und wir sahen ihm nach.

„Ihm ist wohl nicht zu helfen", meinte Ben. „Manche Menschen scheinen unbedingt eine Abfuhr hören zu wollen."

Ich nickte. „Das könnte zu ihm passen. Dann hoffe ich für dich, dass du heute nur noch verständige Leute anweisen musst. Gibt es schon etwas Neues von der Polizei?"

„Ich weiß leider auch noch nichts. Nur, dass es vom Konkurrenzclub immer noch nichts Verdächtiges gibt. Der Leiter hat angegeben, dass sich die Truppe seit dem letzten Rekord sehr stark verbessert hätte, und sie glauben nicht an eine wirkliche Konkurrenz des Clubs aus Sankt Augustine."

„Na ja, sagen kann man viel. Aber im Grunde genommen denke ich auch, dass es ein stärkeres Motiv geben muss. Sicher ist es etwas ganz Naheliegendes, woran wir alle einfach gar nicht denken."

Er seufzte. „Ich hoffe nur nicht, dass wir es bei dem Täter mit einem Verwirrten zu tun haben, der macht dann jetzt vielleicht so weiter und lässt nach und nach die ganze Stadt einschlafen. Bei psychisch Kranken ist das manchmal ein Hilfeschrei, weil sie Beachtung brauchen, aber manchmal ist es auch, um einfach Schaden anzurichten."

Ob dieser Alexander Frisch etwas damit zu tun hatte? Ich musste unbedingt mit Greta darüber sprechen. Eilig verabschiedete ich mich von dem Polizeibeamten und suchte Greta in ihrem Häuschen auf.

Auf dem Dach entdeckte ich den Architekten Müller, der mit einem weiteren Herrn in

Arbeitskleidung mit Ausbesserungsarbeiten beschäftigt war. Meine Freundin fand ich in der Küche, in der sie gerade eine Gulaschsuppe zubereitete.

„Du kommst gerade richtig", begrüßte sie mich. „Ich habe für die Herren etwas Deftiges gekocht, weil sie mir hier so fleißig helfen."

„Der Architekt hilft selbst mit?" wunderte ich mich.

„Nun ja, er zeigt seinem Freund, wie es geht. Die beiden sind schon eine Weile hier."

Ich sah sie mit großen Augen an. „Der Architekt selbst. Das ist schon ungewöhnlich. Er hat doch sicher noch viele andere Baustellen."

Sie lächelte. „Ich weiß, was du denkst. Du denkst, er würde sich für mich interessieren. Aber das ist es echt nicht. Es geht hier tatsächlich um diese historischen Häuschen, für die man ganz viel Wissen und Liebe braucht, wie Herr Müller meinte. Und er findet es eben ganz toll, dass ich selbst auch Hand anlege und alles investiere, was ich besitze."

„Aha! Er teilt also die Liebe zu diesem Pfahlbauviertel mit dir. Da habt ihr dann schon mal eine Gemeinsamkeit. Die Suppe riecht übrigens gut."

„Sie ist gleich fertig", verriet sie mir. „Ich habe genug zubereitet, du kannst dich satt essen."

Ich lachte. „Ich werde sie probieren und testen, bevor du sie den anderen anbietest", scherzte ich. „Aber zuerst habe ich noch eine andere Frage. Traust du diesem Alexander Frisch, deinem ehemaligen Patienten zu, dass er aus irgendeinem verschleierten Motiv heraus, die halbe Stadt in Schlaf versetzen will?"

„Nein, eigentlich nicht. Wie kommst du denn darauf?"

„Er hat sich eben mit Ben herum gestritten. Er wollte zu dir, dich überraschen, aber Ben hat ihn nicht durchgelassen. Als ich ihm anbot, dass ich dich kurz anrufe und frage, ob du Zeit hast, ist er beleidigt abgezogen."

Sie zog die Stirn in Falten. „Ich hoffe, dass er sich nicht zum Stalker entwickelt. Er hat mir nämlich schon mehrmals Blumen geschickt und auch ein paar Briefe geschrieben."

„Hast du ihm gesagt, dass du das nicht möchtest?"

„Nein, bis jetzt noch nicht. Ich finde ihn auch ganz nett. Er ist sehr attraktiv, und man kann sich gut mit ihm unterhalten. Aber auf der anderen Seite kann ich seine depressive Neigung nicht einschätzen. Ich weiß nicht, ob ich fähig bin, eine Partnerschaft mit einem Menschen zu führen, der mein ständiger Patient ist."

„Sagtest du nicht, er sei geheilt?"

„Offiziell ja. Aber was heißt das schon?! Menschen mit einer depressiven Veranlagung haben bei gewissen Umständen auch Rückfälle. Deswegen untersuche ich die ganze Zeit, welche Gefühle ich genau habe, was ich wirklich an ihm finde."

„Würdest du dich für ihn entscheiden, wenn du ihn liebst, Greta?"

„Das kann ich dir im Augenblick gar nicht beantworten. Es sind gewisse Gefühle da, aber ich glaube nicht, dass daraus Liebe wird. Und wenn ich ihn liebte? Du kennst mich ja, ich liebe manchmal die verrücktesten Typen. Aber in solch einem Fall wie bei Alexander, klingelt irgendeine Warnglocke in meinem Inneren. Und die sagt mir immer: Verdirb dir nicht dein Leben!"

„Das kann ich verstehen. Also ist es auch nicht ausgeschlossen, dass er etwas mit diesen Betäubungen zu tun hat? Oder wie würdest du das in einem Gutachten beurteilen?"

Sie riss die Augen auf. „Jetzt nimmst du mich aber in die Mangel. Ja, ich würde keine Verantwortung übernehmen. In diesem Fall, einem schriftlichen Gutachten, würde ich seine Beteiligung nicht ganz ausschließen wollen. Ich würde nicht die Hand für ihn ins Feuer halten."

„Danke, das wollte ich eigentlich nur wissen. Dann kann ich ihn nämlich in den Kreis der Verdächtigen mit einschließen. Und ein Motiv brauchen wir dann wohl nicht."

„Wenn du ihn ausfragen möchtest, tu das bitte nicht allein. Dann werde ich ein Treffen arrangieren, bei dem ich anwesend sein werde."

Sie nahm eine Schöpfkelle, füllte eine Schüssel mit Suppe und reichte mir die dampfende Speise.

Nachdem ich mehrere Löffel davon probiert hatte, gab ich mein Urteil ab. „Wenn es wahr ist, dass Liebe durch den Magen geht, dann hast du schon gewonnen. Dann werden dir Herr Müller und sein Freund bald zu Füßen liegen."

Sie lachte. „Das werden wir dann später sehen. Bleibst du noch ein bisschen hier? Dann kannst du dir den Architekten gleich ein bisschen näher anschauen."

„Nein, ich gehe noch ein paar Schritte hier durchs Blumenviertel, um auch meine Gedanken ein bisschen spazieren zu führen."

„Dann wünsche ich dir viel Erfolg. Lass mich wissen, wenn du neue Erkenntnisse hast!"

Ich lachte sie an. „Du auch! Und danke für die delikate Suppe!"

***

Das Bächlein Vinaigrette schleppte wie jedes Jahr im Frühling einige Wassermassen mit sich und hatte sich in einen kleinen Fluss verwandelt. Frisches Grün am Ufer in allen Tönungen und Schattierungen erfrischte mein Gemüt und belebte meine Augen. Welche Wunder hatte doch die Natur zu bieten, wenn man die Sinne dafür öffnete! Butterblumen und Gänseblümchen leuchteten mir von der nahen Wiese entgegen. Eine Weile hörte ich den Singvögeln zu, die ihre schönsten Lieder zum Besten gaben und hatte gute Lust, eine fröhliche Melodie mit zu pfeifen.

Als ich wieder auf den großen Weg einbog, der mich zur Schranke führte, begegneten mir Lena und Saskia, die gemeinsam einen großen Korb trugen."

Ich lächelte sie an. „Ihr seht aus wie zwei Rotkäppchen ohne rote Kappen", scherzte ich.

„Wir besuchen Saskias Vater", verriet mir Lena. Deswegen hat uns Frau Bühler auch ein Picknick eingepackt."

„Aha, deswegen hat euch Ben durchgelassen. Dann wollt ihr also keinen Goldschatz suchen."

„Nein. Meine Mutter hat mir erklärt, dass dies ein „einmaliger Fund" gewesen sein muss. Das sagte sie wenigstens so. Wir bringen nur das Picknick und wollen Greta besuchen."

Das Mädchen sah die Freundin mit einem verschmitzten Lächeln an.

Was mochten die beiden nur im Schilde führen? „Kennt ihr Greta denn?"

Saskia zwinkerte der Freundin zu. „Wir müssen sie unbedingt kennen lernen. Papa hat gestern den ganzen Abend von ihr erzählt."

Ich nickte verständnisvoll. „Aha, und nun wollt ihr wissen, wer sie ist und wie sie ist. Und ihr nehmt wahrscheinlich an, dass er sich nicht nur für die Arbeit, sondern auch für Greta selbst interessiert, stimmt's?"

Die beiden nickten eifrig. „Da müssen wir aber ganz vorsichtig vorgehen", teilte mir Saskia mit. „Sie ist nämlich Psychologin und kann dann bestimmt unsere Gedanken erraten. Wir müssen alles sehr geschickt anstellen. Ich habe sie erst einmal gesehen, als wir uns alle zufällig neulich im Supermarkt getroffen haben. Da hat er sich nämlich lange mit ihr unterhalten, angeblich nur wegen der Renovierungen. Aber ich habe gesehen, wie er sie angeschaut hat. So schaut er sonst niemanden an, außer uns vielleicht."

„Hättest du denn grundsätzlich etwas dagegen, wenn sich die beiden etwas näher kennenlernen, Saskia?"

„Nein, gar nicht. Ich finde sie ganz toll. Und Lena und ich, wir haben auch riesig viel über sie schon gelesen und erfahren. Sie ist eine mutige und abenteuerlustige Frau. Schon, dass sie dort so für ihr Häuschen gekämpft hat und auch da allein wohnt, das ist schon cool."

„Und wir finden es auch riesig spannend, dass sie wahrscheinlich mit dieser Melusine verwandt ist, deren Rosenturm hier in Sankt Augustine so berühmt ist. Wir haben uns sogar schon überlegt, wie man die beiden schneller zusammenbringen kann, Greta und meinen Vater."

„Ich glaube, es ist besser, wenn ihr das Ganze nur beobachtet, und erst einmal nicht eingreift. Dein Vater ist ja ein kluger Mann, Saskia. Und ich habe eben selbst gesehen, dass er seine Arbeit bei Greta sehr ernst nimmt. Das ist schon einmal ein gutes Zeichen, denn er könnte dort auch seine Handwerker einfach nur unterweisen und sich selbst einer anderen Arbeit zuwenden. Meine Freundin Greta hat ihren Helfern eine schmackhafte Gulaschsuppe gekocht, ich denke, die haben sie inzwischen schon verspeist. Was habt ihr denn noch Gutes in eurem Korb?"

Lena lachte. „Saskia hat die arme Frau Bühler ganz schön beschäftigt. Sie musste Kartoffelsalat fertig machen und Würstchen und kaltes Hühnchen. Dazu noch einen Käsekuchen und eine Schokoladen-Süßspeise."

„Das ist genau das Richtige bei diesem kühlen Wetter", lobte ich die beiden Mädchen. „Das wird ihnen gefallen. Jedenfalls kann ich euch schon einmal beruhigen, Greta hat im Moment keinen festen Freund, nur einen Verehrer und einen Ex-Schwarm."

Die beiden sahen sich an. „Die müssen wir natürlich ausschalten", fand Lena.

„Ausschalten?" fragte ich erstaunt. „Wie meinst du das?"

„Wir haben uns geschworen, dass wir Schicksal spielen wollen. Schon seit langer Zeit versuchen wir, für Saskias Vater eine Frau zu finden. Am Anfang hatten wir gehofft, dass er sich für meine Mutter Nora interessiert. Wir haben sie auch öfter zusammengebracht, mit ganz vielen Tricks, aber es hat nichts genutzt. Er hat sich einfach nicht in sie verliebt, und nun glauben wir auch, dass meine Mutter sich ziemlich für den Theo von nebenan interessiert, auch wenn sie es nicht zugibt."

„Wär das dann ein Vater für dich?"

„Ach, ich brauche keinen. Ich finde das Leben mit meiner Mutter so schön, und seitdem ich meine Freundin Saskia habe, fehlt mir gar nichts mehr. Wir verstehen uns einfach so gut. Aber wenn sich doch einmal Saskias Vater so sehr für Greta interessiert, dann müssen wir doch die anderen ein bisschen fernhalten, damit sie nicht alles kaputt machen."

„Und wie wolltest du das machen?"

„Das wissen wir selbst noch nicht. Aber wir haben schon einige Filme im Fernsehen gesehen, so Liebesfilme und so, da kann man sich allerlei Rat holen."

„In Filmen und Romanen ist das immer etwas anderes", klärte ich sie auf. „Es ist besser, wenn meine Freundin selbst entscheiden kann, wer zu ihr passt. Der Ex-Schwarm wohnt auch sehr weit weg in Hamburg, er dürfte im Moment keine große Konkurrenz sein. Und der, der für sie schwärmt, macht sich im Moment auch ziemlich unbeliebt, weil er etwas aufdringlich ist. Da müsst ihr nichts unternehmen. Aber wir können in Verbindung bleiben, und ich werde euch immer unterrichten, wenn es etwas Neues gibt. Wenn ihr wollt, können wir uns dann immer austauschen."

„Na gut", gab Lena nach. „Vielleicht kommen sich die beiden ja auch bei dem Picknick etwas näher. „Aber meine Mutter hat mir von dir erzählt, dass du schon oft bei Paaren mit Tricks etwas nachgeholfen hast."

„Ertappt! Das gebe ich zu. Aber immer erst, wenn alles andere nicht mehr gcht. Und das verspreche ich euch auch. Wenn sich die beiden in den nächsten Tagen nicht ineinander verlieben, dann denke ich mir eine Situation aus, bei der die beiden die Gelegenheit haben, ihre Gefühle zu prüfen. Einverstanden?"

Die beiden nickten eifrig.

„Gut, dann versprecht ihr mir bitte aber auch jetzt, niemanden auszuschalten und alles erst einmal so laufen zu lassen."

„Schade!" meinte Lena. „Es wäre ja auch gar nicht schlecht, wenn man jetzt dieses eine Schlafmittel hätte. Dann würden wir die beiden irgendwohin bestellen, in einen ganz romantischen Raum, vielleicht in ein Zimmer vom historischen Gasthof. Und wenn sie dann einen Sekt trinken, in den ich etwas von dem

Mittel hineinrühre, dann schlafen sie beide im Doppelbett ein. Und wenn sie dann am anderen Morgen aufwachen, dann glauben sie, sie hätten sich schon verlobt und hätten eine Beziehung miteinander angefangen, so mit Knutschen und allem anderen. Und dann gäbe es kein Zurück mehr."

Ich verkniff mir ein Lachen. „Du hast aber schon ganz schön viele Liebesfilme gesehen, oder?"

Lena grinste mich an. „Das machen wir immer heimlich. Abends, wenn meine Mutter glaubt, dass wir schon schlafen. Sie ist nämlich manchmal von der Arbeit so müde, dass sie schon früh einschläft. Und dann sehe ich die Liebesfilme, die sie alle auf DVDs hat. Manche sind zwar ganz schön kitschig, aber von vielen kann man auch etwas lernen."

Ich drohte den beiden mit dem Finger. „Soetwas solltet ihr lieber nicht tun. Fragt besser deine Mutter, die sucht euch dann das heraus, was vom Alter her zu euch passt. Und das mit dem Schlafmittel, das hast du doch sicher nicht ernst gemeint, hoffe ich."

„Natürlich nicht. Ich habe mit meiner Mutter darüber gesprochen, und sie hat uns erklärt, wie gefährlich solche Medikamente sind. Das war jetzt nur so ein Spaß, und ich wüsste auch gar nicht, wie wir an solche Mittel kämen. Und das Taschengeld würde auch nicht dafür reichen."

„Dann bin ich ja beruhigt. Ich kann euch nämlich versichern, dass demjenigen, der die Truppe in Schlaf versetzt hat, eine Gefängnisstrafe droht. Das ist kein Spaß, das war eine kriminelle Handlung."

„Okay, okay", beruhigte mich Saskia. „Wir haben damit wirklich nichts zu tun. Wir sind doch auch intelligent. Wir machen das alles viel raffinierter."

„Viel Glück!" wünschte ich den beiden und setzte meinen Weg fort.

Am Gutshof traf ich Clemens, den Tierarzt, er schien in Eile zu sein und grüßte nur flüchtig.

„Viel Arbeit?" rief ich ihm zu.

Er grinste. „Kein Wunder. Der Frühling ist da, und die Tierbabys kommen."

„Und jetzt, immer noch kein Feierabend?"

Sein Grinsen wurde breiter. „Doch, schon. Aber jetzt muss ich rasch unter die Dusche. So sehr ich die Tiere auch liebe, der Geruch haftet an mir wie Klebstoff. Das kann ich heute nicht gebrauchen."

„Aha?" Ich tat ahnungslos. „Dann geht es bestimmt um ein Rendezvous."

„Nicht schwer zu erraten, Abigail. Und ich fühle mich wie die Maikätzchen da draußen. Der Frühling ist da." Seine Augen leuchteten, und das Grinsen verwandelte sich in ein Lächeln.

Immerhin, er schien auch verliebt zu sein. Das machte mir Hoffnung, denn wenn er es ehrlich mit Maria meinte, dann hatten sie auch eine Chance auf eine Beziehung, von der Länge einmal ganz abgesehen.

„Einen schönen Abend noch!" wünschte ich ihm und entfernte mich.

Die Straßen des Städtchens füllten sich, der nachmittägliche Berufsverkehr setzte ein.

Gedankenverloren passierte ich die historische Innenstadt und am anderen Ende wieder hinaus zum Schloss, dessen märchenhafte Ausstrahlung mich immer wieder aufs Neue faszinierte.

In der Halle wartete Nathalie bereits auf mich.

Ich begrüßte sie freundlich. „Hast du denn inzwischen schon alles wieder überstanden? Oder musst du noch unter den Nachwirkungen des Medikamentes leiden?"

„Ein bisschen schlapp fühle ich mich noch", bekannte sie. „Also zum Tanzen hätte ich noch keine Lust. Vielleicht ist das aber auch noch psychisch bedingt. So einen Schock muss man wohl erst noch richtig überwinden. Aber den anderen geht es genauso, ich habe vorhin mit einigen Mitgliedern unserer Tanzgruppe telefoniert. Man hat auch ihnen im Krankenhaus gesagt, dass man noch weiter mit leichten Nachwirkungen rechnen muss. Ich bin froh, dass heute Nachmittag die Apotheke geschlossen war."

„Du kannst dich krankschreiben lassen, wenn es dir noch nicht gut genug geht", schlug ich ihr vor. „Das war schließlich eine schlimme Sache. Bestimmt verträgt nicht jeder Körper solch ein Medikament."

Nathalie nickte. „Zum Glück sind wir alle junge Menschen. Wer weiß, wie das Mittel bei älteren Leuten gewirkt hätte!"

„Ja, nicht auszudenken, was hätte passieren können! Konntest du schon mit Adelaide oder Carla sprechen? Sie haben immer das Programm des Abends im Kopf."

„Die beiden haben mich schon verwöhnt. Ich musste die halbe Küche leer füttern, und Moro selbst hat mir sein Atelier gezeigt. Heute Abend spielt Bernhard ein paar Stücke auf der Klarinette und hinterher treffen sich die Künstler zu einem zwanglosen Zusammensein auf der Terrasse, bei einem guten Glas Wein, das Moro gestiftet hat."

Ich staunte. „Dann haben sie dich alle in ihr Herz geschlossen. Moro wird fast nur noch von seiner Frau herumgeführt, er ist nicht mehr sicher auf den Beinen. Aber wenn er dich selbst geführt hat, dann mag er dich."

„Vermutlich fand er mich sympathisch, aber als Frau hat er mich sicher nicht so wahrgenommen, schließlich hat er ungeniert seinen Gehwagen benutzt, mit dem sich ein Mann sonst nicht gern vor einer Frau sehen lässt."

Ich lachte. „In jedem Alter sieht Moro eine Frau als Frau, das kann ich dir versichern. Er ist viel zu sehr Künstler und Sinnenmensch, um das jemals vergessen zu können. Du kannst also jetzt mit deinem Selbstmitleid aufhören. Du bist sehr attraktiv, und kannst stolz sein, dass Moro dir seine Zeit gewidmet hat. Hör also auf, diesem Kevin nachzutrauern! Er hat es nicht verdient."

Ihr Blick zeigte komische Verzweiflung. „In der Theorie sagt sich das immer so leicht. Sehe ich dich heute noch, oder bist du den ganzen Abend mit deinem Verlobten beschäftigt?"

„Er hat noch Berufliches zu tun. Ich kann dir also gern Gesellschaft leisten, wenn du magst."

Se sah mich erfreut an. „Prima, dann habe ich gleich Verstärkung im Konzertraum. Dort haben übrigens auch Carla und Adelaide ein kleines Abendbuffet aufgebaut. Aber wundere dich nicht, wenn ich gleich nicht mehr freundlich sein werde."

Ich sah sie verwundert an. „Warum das?"

„Es kommen ja nicht nur die Studenten. Moro hat den ganzen Tanzclub eingeladen, natürlich auch Kevin und Melanie."

Ich staunte. Was hatte Moro vor? Wollte er Nathalie aus der Reserve locken. Wollte er eine Situation provozieren, in der ihr die Eifersucht die Hemmungen nahm?

„Und was hast du vor?" fragte ich sie geradeheraus.

„Das kommt ganz darauf an, wie sich die beiden benehmen. Wenn sich Melanie so herablassend zu mir verhält, wie so manches andere Mal, dann werde ich ihr schon meine Meinung sagen."

„Hier im Schloss? Beim Konzert?"

„Ich werde sie mir schon beiseite ziehen, in eine stille Ecke oder so. Ich lasse mir von der ganz bestimmt nichts gefallen."

„Da habe ich eine bessere Idee. Willst du dir nicht irgendeinen anderen Freund einladen? Vielleicht kennst du einen, der dich umschwärmt."

„Ich kenne schon einen, das ist Igor. Den kenne ich von der Apotheke. Er bringt immer die Medikamente, und er ist eigentlich ein netter Kerl."

„Kannst du ihn denn nicht einladen? Dann kannst du den beiden doch zeigen, dass du über allem stehst. Oder meinst du, Igor würde das missverstehen, wenn du ihn einlädst. Du kannst ihm vorsichtshalber gleich sagen, dass es eine unverbindliche Einladung ist."

Sie überlegte eine Weile. „Eigentlich keine schlechte Idee. Aber du hast Recht, ich muss Igor direkt sagen, dass er sich wegen dieser

Einladung nicht gleich Hoffnungen machen muss."

Während sie mit dem Bekannten telefonierte, ließ ich sie kurz allein, um mich in der kleinen Wohnung etwas frisch zu machen und umzukleiden.

Was Ermanno wohl jetzt machte? Schade, dass er dieses kleine Konzert von Bernhard nicht miterleben konnte, es war jedes Mal ein Genuss, dem Musiker bei seinem Klarinettenspiel zuzuhören.

Als ich wieder in die Halle zurückkam, strebte Nathalie freudig auf mich zu. „Es hat geklappt. Igor hat für heute Abend nichts vor, und er wird gleich kommen. Ein sympathischer junger Mann, und attraktiv ist er ja auch."

„Aber uninteressant für dich?"

„Leider! Weil es Kevin gibt!"

Adelaide kam aus der Küche. „Ich begleite euch schon einmal in den Konzertraum. Moro hat sich noch ein bisschen hingelegt. Aber er hat mir schon zugesagt, dass er nachher noch ein bisschen mit zu uns auf die Terrasse kommt, wenn sich das schöne Frühlingswetter so hält."

„Oh, dann verpasst er ja das Klarinettenkonzert", bedauerte ich.

Ada lächelte. „Die Klarinette ist nicht so ganz das, was er bevorzugt. Er lauscht lieber den Tönen eines Pianos. Gerade hat er sich eine alte CD genommen, auf der noch Aufnahmen von meiner Mutter zu hören sind."

„Du musst wissen, Adas Mutter war Pianistin", erklärte ich Nathalie. „Sie haben sich gekannt, vor vielen Jahrzehnten, Moro und die Musikerin. Er hat sie fast so sehr geliebt wie Adelaide, jedenfalls hat er sie verehrt und natürlich auch ihr Klavierspiel."

Nathalie nickte bedächtig. „Ich habe von dieser großen Liebe gehört, die Geschichte von

Rossini und seiner Frau ist als „die ganz große Liebe" in aller Munde. Aber das ist mir natürlich jetzt neu. Offenbar ist es nicht immer so einfach, dass man alles das bekommt, wenn man lange genug darauf wartet."

„Nein, bestimmt nicht", wusste auch Ada. „Es gehört schon ein bisschen Himmelsschicksal und Magie dazu. Eine solche Liebe ist ein Himmelsgeschenk, und das erhält leider nicht jeder. Aber jetzt kommt mit mir, und ihr dürft euch schon etwas vom Buffet bedienen."

„Und wer lässt Igor herein?" wollte Nathalie wissen.

„Das mache ich schon heute selbst", verkündete die Schlossherrin. „Ich passe nämlich sehr gut auf, wer heute hier ankommt. Und wundert euch nicht, wenn es heute die Getränke nur in Flaschen gibt, die sich jeder selbst öffnen kann. Außer später bei dem Wein, den will Moro auch selbst einschenken, damit nicht nachher noch der ganze Ort im Schlaf versinkt."

Nathalie fügte sich. „Gut. Das kann ich natürlich verstehen. So etwas darf nicht noch mal passieren. Gibt es hier auch eine Handtaschenkontrolle?"

„Nein. Aber wir passen alle schon sehr auf. Nachdem so etwas passiert ist, sind wir alle lieber etwas vorsichtiger. Deswegen rate ich euch auch, achtet auf das, was ihr esst und trinkt, und beobachtet einander gut."

„Kommt auch ein Kommissar, jemand von der Polizei?" erkundigte sich Nathalie.

Adelaide zeigte einen undurchsichtigen Gesichtsausdruck. „Der Kriminalkommissar ist nicht eingeladen. Niklas kommt also nicht", wich sie einer klaren Antwort aus.

Ich dachte mir mein Teil. Vermutlich war sie nicht imstande zu lügen und wusste von irgendeinem anderen Kollegen aus dem

Bereich der Polizei, der wohl heute den Auftrag hatte, etwas aufzupassen. Möglicherweise hatte auch Moro diesen Abend so konstruiert, dass er zu einer Aufklärung beitragen konnte. Vielleicht hofft er auch, die Tanzgruppe auf diese Weise näher kennen zu lernen, oder uns die Gelegenheit zu geben, Auffälliges zu entdecken.

Die Künstler hatten sich schon im Konzertsaal versammelt und nach und nach gesellten sich die Mitglieder der Tanzgruppe hinzu.

Als Letzten führte Adelaide einen dunkelhaarigen jungen Mann herein, der sich als Igor Lenzen vorstellte und neben Teresa Platz nahm.

Bernhard verstand es wieder einmal, uns mit einer breiten Palette von Musikstücken zu erfreuen, da gab es die alten Meister und die modernen Komponisten, die er uns mit Geschick und Gefühl vorstellte.

Nach dem mächtigen Beifall des Publikums und einigen Zugaben, zu denen man ihn mit Vehemenz aufforderte, luden Moro und Adelaide Rossini zum offenen Buffet ein, auf das Carla und Bernhard ein wachsames Auge hatten. Ein weiterer Herr im grauen Anzug fiel mir auf, er stand in unmittelbarer Nähe des Getränkebuffets, das er nicht aus den Augen ließ.

Ich wandte mich an Ada. „Ist das ein Polizist?"

„Nein, das ist ein Freund von Niklas, der sich angeboten hat, heute ein bisschen aufzupassen. Der Kommissar fand diese Idee ganz gut, weil die Leute von Sankt Augustine alle Beamten der Polizei und der Kripo hier kennen. Und Herr Wienand kommt aus einer ganz anderen Stadt. Man wird ihn nicht als Aufpasser verdächtigen, außer man hat so scharfe Augen wie du."

Ich lächelte. „Mir ist ja im Moment auch jeder verdächtig", gab ich zu. „Wir haben zwar mögliche Motive, aber noch keinen echten Hinweis."

„Richtig, momentan verdächtigt wahrscheinlich jeder jeden. Ich bin froh, wenn alles aufgeklärt ist. Was sich Moro von dem heutigen Abend verspricht, ist mir auch noch nicht klar. Wenn der Täter heute hier unter uns ist, wird er sehr vorsichtig sein und sich nicht verdächtig machen."

Ich konnte beobachten, dass die Gäste sich sparsamer und besonnener bedienten an Speisen und Getränken als bei den letzten Festlichkeiten im Schloss. Die normale Unbefangenheit war einer neuen Vorsicht und einem ungewohnten Misstrauen gewichen.

„Wann kommt denn Ermanno?" erkundigte sich Adelaide bei mir.

„Er hat noch Gespräche in der Arbeit. Sicherlich wird es spät", vermutete ich.

Unbemerkt hatte sich Greta neben mich gestellt. „Ist die neue Assistentin auch mit dabei?"

„Keine Ahnung. Davon hat er mir nichts gesagt. Aber wahrscheinlich schon, denn er muss ja momentan mit ihr auch den ganzen Tag arbeiten. Da werden einige Gespräche auch sie betreffen. Wie war es eigentlich heute mit dem Architekten und den beiden Kindern? Hat der Käsekuchen geschmeckt?"

„Oh ja, Frau Bühler ist eine gute Köchin und der Käsekuchen war ein Gedicht. Die Frau, die Henry einmal heiratet, hat in ihr eine gute Hilfe."

„Ich denke, vor allen Dingen könnte einem Herr Müller auch als Mann gefallen. Ich habe bis jetzt noch keinen Fehler an ihm entdeckt."

„Wenn du jetzt mich meinst, dann muss ich dich enttäuschen. Er ist wirklich wahnsinnig nett und hilfsbereit und attraktiv und charmant. Aber ich habe erfahren, dass Oscar morgen kommt, zur Generalprobe vom Shakespeare. Heute Abend trifft Jérôme Tessiers Gruppe im Gasthof „Zur Traube" ein.

„Morgen schon? Davon wusste ich gar nichts. Da müssen wir aber noch einige Maßnahmen treffen."

Sie lachte. „Wenn du hinter irgendeinem Täter her bist, lebst du hinter dem Mond und bekommst gar nichts anderes mit. Der gute Henry Müller ist ja nun schon eine ganze Weile allein, und es hat bestimmt seinen guten Grund, dass er bis jetzt noch keine neue Frau gefunden hat."

„Ich habe gehört, dass seine Frau krank war, und ziemlich jung gestorben ist, als Saskia noch recht klein war. Ich kann mir gut vorstellen, dass er seiner Frau eine Weile nachgetrauert hat. Er kommt mir vor wie ein sehr seriöser Mensch, dem es auch mit der Liebe ernst ist. Da kann ich ihn gut verstehen, dass er erst eine ganze Weile allein sein musste. Für die Kinder hat er immerhin gut gesorgt. Als Vater muss er sehr patent sein."

Greta nickte. „Er ist wirklich ein sehr netter Mann. Konstantin ist auf der besten Tagesschule, die es in der Nähe gibt. Auch die Lehrer und Betreuer sind besonders gut ausgewählt, das hat mir Henry selbst erzählt. Und auch sein Töchterchen liebt er über alles. Mit Frau Bühler haben sie natürlich einen guten Fang gemacht, sie ersetzt zumindest die Hausfrau. Ja, wenn es nicht Oscar gäbe, dann könnte er mir schon gefährlich werden. Aber so?"

„Hat dir Oscar selbst geschrieben, dass er kommt?"

„Nein, er hat bei den Schirmer-Zwillingen im Gutshof ein Appartement gebucht, das hat mir Jasmin eben selbst gesagt."

„Kommt er denn allein oder bringt er irgendeine Flamme mit?"

„Er kommt allein. Er hat alles nur für eine Person gebucht."

„Dann wird es für dich morgen bestimmt spannend", vermutete ich.

„Für dich auch!" Sie grinste und bediente sich bei den Nachspeisen.

Ich sah sie erwartungsvoll an. „Warum? Was weißt du denn sonst noch?"

„Ich habe mit Alexander Frisch gesprochen. Er besucht dich hier morgen Vormittag im Schloss."

„Wie hast du denn das hinbekommen, Greta? Was hast du ihm erzählt?"

„Ich habe ihm gesagt, dass du meine beste Freundin bist, und über mein Liebesleben wachst wie ein Schießhund. Und dass sich jeder mit dir gut verstehen muss, wenn er sich Hoffnungen auf mich machen will."

„Du bist ein Scheusal. Hat er das wirklich geglaubt? Was will er dann morgen von mir?"

„Ich habe ihn aufgeklärt und ihm erzählt, dass er dich bereits im Blumenviertel kennengelernt hat. Und dass du es gar nicht gut fandest, dass er so beleidigt abgezogen ist."

Ich schüttelte den Kopf. „Ach, Greta! Was hast du da wieder verzapft?! Ich werde mir noch ein besonderes Thema für ihn aussuchen müssen. Aber hast du nicht gesagt, du wolltest dabei sein?"

„Ich habe schon Adelaide Bescheid gegeben. Sie wird sich dann morgen Vormittag im Hintergrund halten, damit dir nichts passieren kann, falls er dir etwas in den Kakao schütten will."

„Na gut. Ich werde schon auf mich selbst aufpassen. Weißt du eigentlich genau, woran die Frau von Herrn Müller gestorben ist?"

Greta schüttelte den Kopf. „Nein. So etwas kann man doch nicht sofort fragen. Das hört sich so neugierig an. Sollten wir uns einmal besser kennen lernen, wird er es mir schon von selbst sagen. Ist das für dich wichtig?"

„Ja, ich denke, damit hat auch die Länge der Trauer etwas zu tun, außer der Stärke der Liebe."

„Wieso? Wie kommst du darauf?"

„Wenn jemand lange krank, sehen manche Menschen den Tod dann wie eine Erlösung und sind besser darauf vorbereitet. Wenn jemand aber plötzlich verstirbt, ist der erste Schock deutlich größer und die Verarbeitung wird problematischer, das konnte ich jedenfalls häufig beobachten."

„Wenn es dich so brennend interessiert, kann ich Saskia morgen einmal fragen. Ich habe den Kindern versprochen, morgen mit ihnen in den Märchenpark zu gehen."

Ich staunte. „Aha? Wie seid ihr darauf kommen? War das Picknick mit den Kids so schön?"

Sie lächelte und ihre Augen leuchteten ein wenig. „Die Kinder sind davon so begeistert, dass ich vermutlich mit der Melusine aus dem Mittelalter verwandt bin. Und jetzt wollen sie natürlich mit mir in Märchenpark und die Szene anschauen, in der Ottokar seine Melusine wieder trifft. Wie gut, dass Moro mich bei der Herstellung der Melusine als Modell genommen hat!"

„Ja, ich habe auch festgestellt, dass dich die beiden Kinder sehr mögen. Sie haben von dir in höchsten Tönen geschwärmt."

Greta nickte zustimmend. „Sie sind wirklich süß, die Zwei. Oder wie man sagen würde, echt coole Kids. Ich freue mich schon auf morgen. Dafür habe ich auch extra für meine Renovierungsarbeiten eine Pause vorgesehen."

„Und wie ist deine Gulaschsuppe angekommen?"

„Die fleißigen Männer haben davon geschwärmt. Aber ich glaube, sie hatten solch einen großen Hunger, der hätte ihnen alles geschmeckt."

Moro und Adelaide riefen die Gäste hinaus auf die Terrasse, wo der Schlossherr den Wein in frisch gespülte Gläser einschenkte, die sich bei Carla unter Beobachtung befanden.

Meine Augen wanderten zu Nathalie und Igor, die sich angeregt unterhielten. Sie wirkten sehr vertraut und schienen nicht zu merken, was um sie herum vorging.

Ich hatte Niklas bald entdeckt und fragte ihn nach Kevin und Melanie.

Er zeigte mir ein Paar, das sich eng umschlungen hielt und keine Scheu hatte, die Verliebtheit den Umstehenden zu zeigen.

Ich zwängte mich an den eng zusammenstehenden Gästen vorbei und betrachtete die beiden etwas genauer. Kevin wirkte sehr selbstbewusst, sein Gesichtsausdruck sagte mir, dass er gewohnt war, das zu bekommen, was er verlangte. Melanie wirkte auf mich wie eine Sphinx, die nicht nur geheimnisvoll erscheinen wollte, sondern es auch war. Sie hatte eine Menge Schminke aufgetragen, die es mir nicht möglich machte, das natürliche Gesicht darunter zu entdecken. Ein wenig erinnerte mich der Ausdruck an das der kleinen Hexe, deren Skulptur im Märchenpark die Kinder faszinierte.

Konnte einer von beiden ein Motiv für die Tat haben?

Was könnte es ihnen genutzt haben, ihre eigene Gruppe zu boykottieren?

Hatten sie vielleicht gefühlt, dass sie alle nicht gut genug für einen Sieg waren? Hätten sie sich sonst mit einem Abbruch blamiert oder mit dem Nichterreichen des Sieges? Hatten Sie eine Notbremse gezogen?

Ich beschloss aufs Ganze zu gehen und sprach die beiden an. „Haben Sie vielleicht ein paar Minuten Zeit für mich?"

Sie fühlten sich gestört. Kevin sah mich unfreundlich an. „Muss das jetzt sein?"

„Nein. Vielleicht haben Sie auch später Zeit. Sagen Sie mir einfach Bescheid, wann es Ihnen passt!"

Melanie sprach mich mit Du an. „Du bist doch Abigail, die Mühlberg, die hier mit der Polizei zusammenarbeitet, stimmt's? Ermittelst du wegen des Schlafmittels?"

„Ich wüsste auch gern, wer so etwas tut. Aber leider tappen alle noch völlig im Dunkeln. Eurem Konkurrenz-Club konnte man bisher auch noch nichts nachweisen. Glaubst du, dass die einen Täter beauftragt und bezahlt haben, weil sie euch den Sieg nicht gönnten?"

Melanie hob die Augenlider ein wenig. „Nein, so blöd sind die nicht. Es ist nur eine Frage der Zeit, wann wir alle fit sind und einen erneuten Wettbewerb machen. Das war bestimmt ein privater Racheakt oder eine Eifersuchtsgeschichte."

„Hast du einen Verdacht?"

„Irgendjemand aus unserer Gruppe wird schon etwas auf dem Kerbholz haben, bei so vielen Menschen ist das leicht möglich. Aber auch auf uns sind einige eifersüchtig. Weil wir so ein tolles Paar sind."

„Wer könnte eifersüchtig sein?" fragte ich direkt.

„Nathalie zum Beispiel, sie ist die Ex von Kevin. Und vielleicht noch Herr Fritz, der wollte mal was von mir vor längerer Zeit."

„Theo Fritz? Der Versicherungsvertreter?"

„Genau der."

„Hast du das auch so der Polizei gesagt?"

„Bin ich verrückt? Ich will mich doch nicht in die Nesseln setzen. Das soll die Polizei mal schön selbst herausfinden. Wenn einer von denen der Täter ist, dann wird derjenige auch keine Hemmungen haben, uns noch mehr anzutun."

Ich sah sie verwirrt an. „Also, noch einmal zum besseren Verständnis: deiner Meinung nach könnten Kevins Exfreundin und Herr Fritz einen Motiv haben? Ist das richtig so?"

„Natürlich. Bei dieser Nathalie ist es Eifersucht. Sie hatte ja ursprünglich mal vor mit Kevin den Sieg zu erreichen, und natürlich gönnte sie uns das jetzt nicht. Da könnte sie schon zu solch einem Mittel gegriffen haben, sie arbeitet ja schließlich in einer Apotheke, und es ist auch allen bekannt, dass dieser Igor, mit dem sie jetzt gerade flirtet, ein großer Verehrer von ihr ist. Er kann ihr bei der Beschaffung des Medikamentes behilflich gewesen sein. Und um nicht aufzufallen, sind sie beide heute hier hingekommen. Aber genauso gut kann ich es mir auch vorstellen, dass es Theo noch nicht überwunden hat, dass ich ihm einen Korb gegeben habe. Außerdem weiß ich viel über sein Privatleben und über seinen Beruf. Ich habe nämlich einmal für die gleiche Versicherung gearbeitet wie er und weiß von einigen seiner Mauscheleien."

„Oh! Das ist wirklich sehr interessant. Davon wusste ich nichts. Und es ist tatsächlich sehr aufschlussreich. Gibt es außerdem noch Verdächtige?"

„Nein! Alle anderen von der Gruppe wollten einfach nur siegen, wie wir auch."

„Wie war es denn mit eurer Kondition?" forschte ich weiter. „Hättet ihr es denn alle geschafft? Wäre es zu einem neuen Weltrekord gekommen?"

„Da bin ich ganz sicher. Wir standen kurz davor. Hätten wir nur eine halbe Stunde mehr gehabt, wären wir Sieger geworden. Aber natürlich hatten wir noch mehr vor, wir wollten den Rekord schon erheblich steigern. Ich denke, auch das hätten wir alle geschafft, denn wir sind gut trainiert gewesen."

„Das tut mir leid", bedauerte ich sie. „Dann kann ich mir vorstellen, dass ihr jetzt ärgerlich und wütend seid. Hätte es denn auch irgendein Preisgeld gegeben?"

„Nein, ein Preisgeld in dem Sinn nicht. Ein Modegeschäft hatte uns für diesen Fall versprochen, uns für die nächste Tanzsaison mit neuen Kleidern zu beschenken. Und ein Wellness Hotel wollte uns für ein verlängertes Wochenende einladen, alles natürlich für Werbezwecke."

„Sicherlich werden die nun auf euch warten und hoffen, dass ihr bald wieder fit seid", vermutete ich. „Dann wünsche ich euch jetzt noch viel Spaß und vor allen Dingen hoffe ich, dass ihr das alle schnell körperlich und psychisch überwindet. Ich schaue mich dann noch einmal um", sagte ich und verabschiedete mich von den beiden.

Gerade als ich Nathalie und Igor intensiv beobachtete und feststellte, dass sie sich sehr lebhaft und mit lächelndem Blickkontakt angeregt unterhielten, berührte mich jemand sanft an den Schultern.

Ich drehte mich um und entdeckte Ermanno, der mich liebevoll ansah. „Ich konnte mich von der Gesellschaft loseisen", berichtete er. „Die anderen feiern noch zusammen, der Direktor hatte nämlich außerdem noch Geburtstag und für alle eine Menge spendiert. Das nutzen einige meiner Kollegen natürlich aus, aber ich konnte mich schon einmal davon schleichen, damit wir auch noch etwas vom Abend genießen können."

„Wie schön, dass du da bist!" sprach ich aus, was ich fühlte. „Möchtest du ein Wein trinken?"

Er zwinkerte mir zu. „Moro hat uns schon eine Flasche reserviert, und die steht schon auf der Treppe zu unserer Wohnung. Oder möchtest du unbedingt noch hierbleiben und die Gesellschaft der anderen genießen?"

Entschieden schüttelte ich den Kopf. „Für heute habe ich genug erfahren. Die restliche Zeit des Tages gehört uns."

Er legte den Arm um mich, führte mich von der Terrasse in den Park, in dem wir zwischen den ersten blühenden Bäumen den Duft des Frühlings einatmeten und einer späten Amsel beim melodischen Abendlied zuhörten. Durch die kleine Seitentür schmuggelten wir uns ins Schloss hinein und stiegen Hand in Hand hinauf in unsere Dachwohnung. Der Rest des Abends gehörte uns ganz allein.

***

Adelaide bot mir am anderen Tag die Schlossküche an, in der ich mit Alexander Frisch die geplante Unterredung führen konnte. Die Schlossherrin selbst öffnete ihm das Tor, führte ihn zu mir und machte sich in einer entfernten Ecke des großen Raumes zu schaffen.

Auch heute schien Gretas Verehrer keine gute Laune zu haben, seine Begrüßung fiel nur knapp aus, nichtsdestotrotz sprach er mich sofort mit dem vertraulichen Du an.

„Greta, meine gute Freundin hat mir von dir erzählt. Und da sie wohl auch deine beste Freundin ist, sollten wir uns wirklich kennenlernen. Das hat sie mir sehr nahegelegt, oder besser noch, sie hat es sich so von mir gewünscht. Das kann ich ihr natürlich nicht abschlagen."

„Ich kann ihr auch vieles nicht abschlagen", gestand ich ihm. „Sie ist eine reizende, junge Frau und in vielen Dingen sehr patent."

„Ja, nicht wahr?! Sie ist eine begnadete Psychotherapeutin und hat mich gesund gemacht. Ganz abgesehen davon ist sie eine reizende und charmante Frau und steht auch ihren Mann bei der Renovierung ihres Häuschens."

Ein gutes Stichwort für mich. „Ja, ihren Mann steht sie. Manchmal habe ich den Eindruck, dass sie gar keinen Mann braucht. Sie kann wirklich alles."

„Einen Partner kann doch jeder gebrauchen", fand er. „Ich bin imstande, sie zu lieben und zu verwöhnen. Wer wünscht sich das nicht?"

„Da hast du natürlich Recht. Das wünscht sich bestimmt jeder. Und wenn die Chemie stimmt, dann ist es auch für alle gut."

„Die Chemie wird überbewertet", behauptete er. „Der Respekt und die wahre Liebe, die, die sich auch aufopfern kann, die ist wertvoll und sollte gelebt werden. Ich werde sie so lange umwerben, bis sie versteht, dass sie niemand mehr liebt als ich."

„Ich glaube schon, dass sie es versteht, du kannst natürlich auch hoffen, dass sie eines Tages deine Gefühle erwidert, aber du solltest auch damit rechnen, dass sie sich vielleicht in einen anderen verliebt. Ich weiß, dass ihr zum Beispiel Oscar, der Verleger im Moment sehr viel bedeutet, mehr als alle anderen Männer auf der Welt."

„Ach!" Er machte eine wegwerfen Handbewegung. „Das ist doch nur Verblendung. Da macht sie sich doch selbst etwas vor. Er liebt sie auch gar nicht. Sie müsste sich doch da auskennen, sie ist Psychologin. Sie weiß, dass sie sich mit ihm nur wehtut. Und eines Tages wird sie das auch selber sehen."

„An deiner Stelle würde ich sie nicht bedrängen. Lass ihr Zeit, bis sie selbst herausfindet, wen sie wirklich liebt! Und wenn sie sich nicht für dich entscheidet, dann musst du das auch akzeptieren."

„Sie wird sich schon für mich entscheiden", behauptete er.

Ich sah ihn an und versuchte hinter seiner Stirn die Gedanken zu lesen. Natürlich, er verehrte sie. Sie hatte ihm geholfen, eine Depressionsphase zu überwinden. Sie hatte ihn ernst genommen, sein Selbstbewusstsein gestärkt. Kein Wunder, dass er sie jetzt verehrte. Vermutlich musste er jetzt nicht gegen die Depression behandelt, sondern von Greta entwöhnt werden.

„Hast du schon von den neuen Opfern gehört, die wieder mit dem Medikament geschädigt wurden?" fragte ich ihn geradeheraus.

„Natürlich. Der Täter sollte doch bald gefasst werden, ich fürchte, die Polizei ist sehr inkompetent."

„Sie tut alles, was sie kann. Aber das Motiv ist noch nicht so ganz heraus. Und man weiß auch noch nicht, wie der Täter an einen Schlüssel gelangt ist."

„Vielleicht sind es ja auch mehrere Täter. Vielleicht hat das eine nichts mit dem anderen zu tun. Derjenige, der die Tänzer betäubt hat, hatte vielleicht ein ganz anderes Motiv, als der Täter, der die Goldsucher betäubt hat. Vielleicht war der Zweite ein Nachahmungstäter."

„Möglich ist alles. Es muss in die verschiedensten Richtungen recherchiert werden. Ich hoffe nur, dass nicht noch mehr geschieht."

„Ich denke, es könnte auch Ron Pelzer sein, den finde ich persönlich sehr verdächtig", fand er.

Ich sah ihn erstaunt an. „Warum gerade er?"

„Ganz einfach. Er ist von der Presse und braucht immer neue Storys. Das ist so wie bei den Männern von der Feuerwehr, die oft selbst die Brände legen."

Ich protestierte. „Also oft ist das bestimmt nicht. Das ist nicht die Regel, das ist die Ausnahme. Natürlich gibt es auch solche Feuerteufel, aber die sind dann krank. Ein Kranker kann es natürlich auch gewesen sein. Irgendeiner, der hier seine Macht beweisen wollte."

„Genau genommen kann es jeder sein", fand Alexander. „Aber wir sind vom Thema abgekommen. Greta wollte bestimmt, dass du mir etwas von dir erzählst. Aus deiner Kindheit oder deiner Vergangenheit."

„Wirklich. Da gibt es gar nicht so viel zu erzählen. Aber wie ist es denn mit dir. Gibt es etwas, das ich von dir wissen sollte? Gibt es vielleicht da ein paar schöne Geschichten, durch die ich dich besser kennen lernen kann?"

„Ich hatte eine bewegte Kindheit, aus der ich viel erzählen könnte, aber das ist mir für dieses Treffen doch schon etwas zu privat. Diese Dinge weiß nur Greta allein."

„Und was möchtest du mir gern erzählen, Alexander?" versuchte ich es noch einmal.

„Ich habe auch schon mal eine Erfahrung mit K.O-Tropfen gemacht."

Ich sah ihn überrascht an. „Du? Wann denn? Wie ist das denn passiert?"

„Das war mal bei einer Party. Da waren ein paar Freunde dort, auch ein paar nette Mädchen. Aber dann auch ein paar Fremde, und unter denen war ein Betrüger, ein Dieb. Der hat dann so lange gewartet, bis nur noch wenige Gäste da waren. Und denen hat er dann die K.O.- Tropfen ins Getränk geschüttet und natürlich später die Portmonees und alle Wertgegenstände gestohlen. Man hat den Dieb übrigens nie gefasst."

„Warum denn nicht? Irgendjemand auf der Party wird ihn doch wohl gekannt haben."

„Nein. Das war noch zu der Zeit, wo die Gäste im Internet zu den Party gerufen wurden. Vielleicht kannst du dich daran noch erinnern. Irgendjemand schrieb, er hat Geburtstag, und dann kamen von weit und nah die Gäste, die niemand kannte."

„Ach du Schreck! Das war wirklich kein erfreuliches Erlebnis! Ich kann mir gut vorstellen, dass du dich sehr geärgert hast. Ist dir denn da viel gestohlen worden?"

„Nein, ich habe es überwunden, es waren nur 100 Euro. Aber seitdem meide ich den medizinischen Bereich die Narkose. Seitdem hasse ich das Gefühl, ohnmächtig zu sein."

„Ich denke, das könntest du auch einmal mit Greta besprechen. Sie könnte dir dabei bestimmt gut helfen. Weiß sie davon?"

„Nein. Das ist nichts, wobei mir Greta helfen kann. Es ist ja eine Erfahrung, die mich jetzt immer warnt und vorsichtig macht. Die muss ich behalten, diese gesunde Angst darf sie mir nicht wegradieren."

Ich zögerte. „Ich weiß nicht recht. Greta ist eine sehr gute Psychologin. Ein guter Rat von ihr kann da sicher nicht schaden."

Er machte eine abwehrende Handbewegung und sah mich verärgert an. „Ach, Unsinn! Ich bin wieder völlig gesund. Das hat sie dir doch bestimmt auch gesagt, oder?"

„Richtig! Das hat sie mir gesagt, und ich behaupte auch nicht, dass du krank bist. Nein, im Gegenteil. Ich dachte nur, weil sie so erfahren ist. Ich lass mir manchmal auch einen Rat von ihr geben."

Er sah mich immer noch misstrauisch an. „Ja, sie ist sehr klug. Aber wenn du jemanden verdächtigst, der krank sein könnte, dann kann es auch Ron Pelzer, der Journalist gewesen sein."

„Den Verdacht hattest du doch eben schon, aber ich konnte dir nicht ganz folgen. Gibt es da noch mehr, was du über ihn weißt?"

„Natürlich, und hier in Sankt Augustine weiß das jeder, anscheinend nur du nicht."

„Ich habe hier zwar schon sehr viel unternommen, aber ich wohne noch nicht so viele Jahre hier", erklärte ich ihm.

Er schüttelte verständnislos den Kopf. „Na sowas! Dann hätte ich dir die Geschichte längst von ihm erzählt. Ihm gehörten mal die ganzen Zeitungen dieser Stadt, alle kleinen und großen Blättchen, außer dem Amtsblatt."

„Und? Was ist dann passiert? Wurde er krank?"

„Wie man es nennen will. Er wurde sozusagen zwangsenteignet. Man kaufte ihm die meisten Anteile ab, sodass er jetzt kaum noch Einfluss auf das gesamte Geschehen hat."

„Dazu hat es doch bestimmt einen Grund gegeben, oder?"

„Natürlich, und einen sehr guten. Er ist größenwahnsinnig geworden."

Langsam wurde ich ungeduldig. „Kannst du mir das bitte auch etwas genauer erklären, oder ist das ein Geheimnis?"

„Also, das war so. Er hat tatsächlich nur das gedruckt und erscheinen lassen, was ihm persönlich wichtig war. Andere wichtige Ereignisse ließ er außen vor und brachte sie nicht in der Presse von Sankt Augustine. Seine eigenen Belange ließ er aber massenweise in den Blättchen erscheinen. Er ist ein Fußballfan, und sämtliche Zeitungen wurden nach und nach voll von Artikeln aus diesem sportlichen Bereich. Alles andere vernachlässigte er schmählich. Die Kunstszene war immer weniger vertreten, und auch die anderen Sportarten wurden vernachlässigt. Er schrieb auch weitgehend eigene Artikel, die sehr subjektiv und zum Teil voreingenommen waren, zum Beispiel schlechte Kritiken über Schauspiele und Konzerte, schlechte Kritiken über Ballett und Bodenturnen. Es gab in den ganzen Blättchen nur noch den Fußball, doch auch in diesem Bereich schrieb er keine objektiven Berichte."

„Warum hat man ihm denn da nicht verboten, zu schreiben?"

„Ihm gehörte schließlich der große Verlag, den hatte er von seinem Vater geerbt, der ihn sehr seriös aufgebaut hatte. Aber Pelzer trieb nun Schindluder damit. Da hat nun früher unser krimineller Bürgermeister Hammer oft ganz schön mit ihm unter einer Decke gesteckt. Aber unser neuer Bürgermeister, Herr Schneider hat dann nach und nach kompetente Menschen gefunden, die ihm die Anteile des Verlags nach und nach abkauften."

„Und das hat geklappt? Hat sich das Pelzer denn gefallen lassen?"

„Das musste er wohl, denn er war nicht der sparsame Geschäftsmann wie sein Vater. Er hat alles Geld immer in die Fußballvereine gesteckt, und da ist das meiste natürlich verloren gegangen. Folglich brauchte er dann bald viel Geld, und so musste er wohl oder übel verkaufen."

Es dämmerte mir etwas. „Ach so, und nun glaubst du, er sei immer noch etwas größenwahnsinnig und möchte heimlich immer noch gern über alles bestimmen und selbst alles zensieren können? Und du glaubst, dass er die Tanzgruppe mit einer Betäubungsaktion stören und ärgern wollte?"

„Genau das meine ich. Jetzt hast du es kapiert. Denn welcher Mensch verliert schon gerne Macht? Bürgermeister Schneider hat zwar die Sache extra nicht an die große Glocke gehängt, damit kein Skandal daraus wurde, aber es ist trotzdem so nach und nach durchgedrungen, nachdem dann so viele objektive Artikel in den Blättchen erschienen."

„Das ist wirklich hochinteressant. Ich glaube, da haben wir eine neue Spur. Macht es dir etwas aus, wenn wir das weitere Kennenlernen auf einen anderen Tag verschieben? Ich hätte da noch etwas zu erledigen."

„Nein, ich habe selbst noch einiges zu tun. Kommst du heute Nachmittag auch zu der Generalprobe ins Gemeindezentrum? Es werden eine ganze Menge berühmter Leute da sein, sehr interessante. Da ist nebenbei auch Pelzer anwesend, er will da etwas für die Zeitung schreiben über Jérôme Tessier und all die anderen."

„Ja, ich werde auf jeden Fall auch da sein, und ich hoffe, dass vielleicht auch Greta anwesend ist. Vielleicht treffen wir uns ja dann zu dritt."

Ich verabschiedete mich rasch von ihm und telefonierte mit Niklas, dem ich die neuesten Erkenntnisse und Vermutungen mitteilte.

„Eine vielversprechende Spur", meinte auch er. „Irgendwie ist das logisch. Er fühlt sich entmachtet und kann es nicht ertragen, dass eine Tanzgruppe so viel Beachtung erhält. Ich werde heute Nachmittag Pelzer im Auge behalten."

„Ich auch", versprach ich ihm. „Aber zuerst muss ich noch abklären, ob vielleicht Theo Fritz noch ein aktuelles Motiv hat. Natalie aus dem Tanzclub hat mir nämlich verraten, dass er einmal in sie verliebt war, und sie ihm einen Korb gegeben hat. Da möchte ich noch herausfinden, inwieweit seine Gefühle zu ihr noch vorhanden sind. Bisher hatte ich angenommen, dass er in seine Nachbarin Nora Leineweber verliebt ist. Die Zeit müsste gerade noch reichen bis zur Generalprobe."

Er wünschte mir viel Erfolg und verabschiedete sich mit einem „Bis später dann!",

Der milde Frühlingstag bescherte Sonnenschein, auf dem Weg zu Herrn Fritz freute ich mich an den blühenden Vorgärten der historischen Altstadt.

Herrn Fritz traf ich gerade, als er in sein Auto einsteigen und wegfahren wollte.

Ich grüßte ihn mit einem gewinnenden Lächeln und fragte ihn, ob er eine Minute Zeit für mich hätte. Nach einem kurzen Zögern entschloss auch er sich zu einem Lächeln. „Aber natürlich, selbstverständlich gern. Für eine so wichtige Journalistin habe ich immer Zeit, Abigail. Um was geht es? Habe ich etwas ausgefressen? Oder geht es vielleicht um eine Versicherung? Bei mir ist jeder in den besten Händen."

„Ach nein, ich habe nur eine ganz kurze Frage? Könnte Nathalie die Täterin sein?"

„Nathalie? Welche Nathalie?"

„Nathalie aus dem Tanzclub. Sie kennt Sie gut, hat sie mir verraten."

„Nein, auf keinen Fall. Dazu ist sie nicht intelligent genug, um so etwas Kompliziertes in die Wege zu leiten. Und sie ist auch viel zu egoistisch, sie hätte sich niemals dieses Spektakel selbst verdorben. Nein, die kann der Kommissar als Täterin vergessen, sie ist keine Person von Format."

Aha! Ich spürte die immer noch verletzten Gefühle bei solch negativer Bewertung. Ich beschloss, ihn weiter im Auge zu halten, während ich mich heute ganz auf Ron Pelzer konzentrieren wollte.

„Prima! Das war es auch schon. Herzlichen Dank! Und mit der Versicherung, vielleicht überlege ich mir das noch einmal. Dann gute Fahrt!"

Während er in seinem Auto davon fuhr, dachte ich weiter über ihn nach. Was war er für ein Mensch? Auf der einen Seite schien er mir höflich und zuvorkommend, auf der anderen Seite aber etwas undurchsichtig zu sein. War sein Stolz immer noch so sehr verletzt, dass er deswegen eine ganze Tanzgruppe betäubte, nur um Nathalie zu bestrafen?

Ich eilte ins Schloss zurück und hatte gerade noch Zeit, um mich für die Generalprobe umzuziehen. Ada, Moro und die übrigen Schlossbewohner hatten das Schloss schon verlassen, ich fand einen Zettel auf der Vitrine in der Schlosshalle:

„Liebste Abigail,

gern hätten wir dich mitgenommen zur Aufführung des Sommernachtstraums, aber um pünktlich zu sein, mussten wir leider schon los. Besonders weil Moro einen Platz in der ersten Reihe hat, wo er mit seinem Rollstuhl sitzen kann. Für dich halte ich ebenfalls einen Platz neben mir frei, damit du eine gute Sicht auf das Geschehen hast. Wenn du kannst, beeilte dich etwas, Jérôme zeigt bestimmt wieder sein Bestes, das solltest du nicht verpassen!
Liebe Grüße
Adelaide".

***

Als ich im halbdunklen Saal durch die Reihen nach vorn ging, entdeckte ich, dass alle Gäste schon anwesend waren, darunter auch der Bürgermeister Schneider, die berühmte Spenderin Frau Ackermann, vorn in der ersten Reihe auch als Ehrengäste Giorgio und seine Frau Teresa. Links, neben dem freien Platz, den mir Adelaide reserviert hatte, entdeckte ich Ron Pelzer.

Gut, so würde ich ihn also während der Vorstellung einwandfrei im Auge haben können.

„Du hast den Sektempfang verpasst", flüsterte mir Adelaide zu.

„In Gläsern? Wer hat die ausgeteilt?"

„Ja in Gläsern. Niklas und Ben haben sie untersucht und zwei Kollegen haben sie unter Aufsicht eingefüllt."

„Prima", fand ich. „Dann kann also in dieser Hinsicht auch nichts passieren, und wir können uns der Vorstellung getrost widmen."

Nach einer Begrüßungsrede von Tessier hob sich der Vorhang, und wir folgten einem zauberhaften Akt voller einschmeichelnder Melodien, die uns Tessier mit seinen Künstlern meisterhaft servierte.

Ich entdeckte auch das Bühnenbild dass er gemeinsam mit den Spezialisten seiner Truppe und den italienischen Künstlern, Giorgos Kollegen künstlerisch wertvoll und märchenhaft in mittelalterlicher Farbenpracht aufgebaut hatte.

Ein tosender Beifall riss mich aus der Verzauberung.

Der einzige, der nicht klatschte, war links neben mir Ron Pelzer. Ich betrachtete ihn genauer und stellte fest, dass er mit geschlossenen Augen zusammengesunken in seinem Stuhl saß.

Eine Ahnung stieg in mir hoch, er war nicht aus Langeweile eingeschlafen, möglicherweise hatte man ihm auf irgendeine Weise ein Betäubungsmittel verabreicht?

Ich machte mich laut bemerkbar und rief nach einem Arzt und dem Kommissar, die beide sofort herbeieilten. Im Saal entstand ein großer Aufruhr, aber der Bürgermeister und zwei Polizeibeamte sorgten für Ruhe und baten um Besonnenheit.

Nach einer kurzen Untersuchung diagnostizierte der Arzt, dass es sich vermutlich wieder um ein Betäubungsmittel handeln müsse und bat ebenfalls um diszipliniertes Verhalten der Anwesenden.

Während Adelaide und ich noch geschockt dasaßen, traf bereits der Notarzt ein, versorgte den Patienten und ließ ihn von seinen Assistenten auf einer Trage hinausbringen.

In meinem Kopf schwirrte es. War nicht gerade Pclzcr momentan ein Hauptverdächtiger? Sein Motiv war für mich völlig einleuchtend gewesen. Und jetzt? Konnte das ein Ablenkungsmanöver seinerseits sein. Oder hatte ihn jetzt vielleicht Alexander Frisch für seine Taten bestraft, eigenmächtig und in Nachahmung der ersten Tat? Was für ein verworrener Fall!

Vielleicht hatte Pelzer selbst etwas eingenommen, um von sich als Täter abzulenken?

Aber machte er dadurch nicht erst auf sich aufmerksam? Man würde ihn und seine Umgebung gründlich untersuchen. Rätsel über Rätsel, und weit und breit keine Auflösung.

Der Entertainer und Künstler Jérôme Tessier wandte sich an die Anwesenden mit einer kurzen Rede, in der er sich für diesen bedauerlichen Unglücksfall entschuldigte und um Verständnis für eine Verschiebung der Generalprobe bat.

Niklas wandte sich ebenfalls an die Gäste und bat weiterhin um Geduld und Ruhe, bis man sich einen ersten Einblick über die Lage verschafft hätte. Es stellte sich bald heraus, dass Pelzer das einzige Opfer dieser neuen kriminellen Handlung war.

Ich beruhigte inzwischen Adelaide und Moro, die sich sehr aufgeregt hatten und nun ebenfalls von einem Arzt betreut wurden.

Als mich kurze Zeit später Niklas zu sich rief, übergab ich den Schlossherrn und die Schlossherrin der liebevollen Aufsicht von Teresa und Giorgio, die sich rührend um die beiden kümmerten.

Ich eilte zu Niklas, in dessen Augen ich erkannte, dass er ebenso ratlos war wie ich.

„Du hattest mich sehr davon überzeugt, dass Ron Pelzer der Täter sein könnte, Abigail. Und nun stehen wir wieder ganz am Anfang. Ich glaube nicht, dass er sich selbst diese Dosis verpasst hat. So dumm kann er nicht sein, denn er weiß bestimmt, dass wir jetzt seine gesamte Habe durchsuchen werden."

Nachdenklich sah ich ihn an. „Ja, zuerst hatte ich auch vermutet, dass er damit von sich selbst als Täter ablenken will, aber das wäre doch ein zu riskantes Spiel für ihn. Sicherlich müssen wir abwarten, bis wir wissen, wann ihm dieses Medikament verabreicht wurde. Vielleicht war es im Foyer, während er mit seinem Sektglas herumspazierte, aber vielleicht war es auch viel früher, falls er vorher noch irgendwo einen anderen Termin hatte."

Der Kommissar nickte. „Genau das müssen wir jetzt einmal abwarten, aber der Notarzt meinte, die Dosierung müsse höher gewesen sein, als die beim Tanzclub und den Goldgräbern. Wir müssen jetzt unbedingt noch andere Maßnahmen ergreifen, damit uns nicht die ganze Stadt einschläft. Die Zuleitung des Wassers für die Haushalte wird glücklicherweise schon kontrolliert, aber wir müssen uns sicher noch mehr Vorsichtsmaßnahmen überlegen."

„Gehen wir einmal davon aus, dass Pelzer die Dosis erst hier erhalten hat. Mit wem hatte er im Foyer nähere Berührung? Ich ärgere mich jetzt sehr, dass ich nicht früher hier eingetroffen bin. Ich hatte doch vor, ihn im Auge zu behalten."

„Du kannst nichts dafür, Abigail. Schließlich bist du nicht sein Bodyguard. Aber so viele Gäste waren heute nicht anwesend. Das waren alles nur bekannte Personen aus Sankt Augustine, bis auf Frau Ackermann, und die schließen wir beide ja wohl aus."

Ich lächelte. „Natürlich, Lauras liebe Tante ist absolut über jeden Verdacht erhaben. Bürgermeister Schneider und seine Leute ebenfalls, genauso wie Adelaide, Moro, Giorgio und Teresa. Wen hätten wir denn dann sonst noch hier?" Ich blickte in die Runde.

„Fast der gesamte Tanzclub ist anwesend, mit Nathalie und ihrem Verehrer Igor, Kevin und Melanie. Davon könnte schon jemand der Täter sein. Laura Leineweber und ihre Tochter schließe ich aus, ich halte sie für unschuldig und seriös, genauso wie Greta, den Architekten Henry Müller mit seinen beiden Kindern Konstantin und Saskia. William Donnelly ist ebenfalls hier und auch Alexander Frisch, die sollten wir uns dann doch noch einmal näher anschauen. Ich werde meinen Beamten Bescheid geben."

In meinem Kopf schwirrte es. „Da haben wir immer noch eine ganze Reihe von

Verdächtigen. Eben war ich noch bei dem Versicherungsvertreter Theo Fritz. Er hatte es sehr eilig, um zu einem wichtigen Termin zu kommen. Hoffentlich hatte er den Termin nicht mit Pelzer, denn dann könnte auch Theo der Täter sein."

„Gut. Ich werde ihn ebenfalls vorladen und ein Alibi von ihm verlangen, falls sich herausstellt, dass man Pelzer das Medikament schon vorher verabreicht hat. Glücklicherweise können das die Untersuchungen von heute schon sehr gut feststellen, sodass man dadurch gut an die Tatzeit herankommt."

„Vielleicht haben wir es aber auch mit einem sehr intelligenten Täter zu tun", fiel es mir ein. „Er hat die Dosis vielleicht sehr bedacht vergeben. Wenn es zum Beispiel Alexander Frisch war, der meines Erachtens noch immer psychisch krank ist, dem traue ich eine Art Bestrafung zu, mit der er vorgegangen ist.

Vielleicht mochte er die Goldsucher auf dem Grundstück nicht, die seine Freundin oder besser gesagt, seine große Liebe belästigt haben. Die Dosis war relativ harmlos, da hat er sie vielleicht auch für nur minimal schuldig befunden. Die Tänzer haben vielleicht Lebensfreude gezeigt, die konnte er als Depressiver nicht gut ertragen. So etwas gibt es. Sie wurden dann von ihm schon etwas stärker bestraft. Aber das Vorgehen von Ron Pelzer findet er gar nicht gut, und er selbst hat auch noch eine kleine Rechnung mit ihm offen. Ihm hat er eine sehr hohe Dosis verpasst."

„Da ist etwas dran. Ich werde deinem Verdacht nachgehen und diesen Herrn Frisch einmal genauer unter die Lupe nehmen. Aber dich bitte ich, doch etwas von ihm fernzubleiben, bis ich die Sache aufgeklärt habe. Denn wenn er wirklich der Täter ist, dann halte ich ihn auch für gefährlich. Gönne dir also einmal eine

Pause und genieße ein paar schöne Stunden mit Giorgio und Teresa. Sie werden sicher nur ein paar Tage hier in Deutschland bleiben und dann wieder nach Catania fliegen. Ich weiß doch, dass Teresa eine enge Freundin von dir ist."

Der Kommissar ermöglichte es uns, Moro und Adelaide, Giorgio und Teresa und mir, den Saal schon eine halbe Stunde später verlassen zu können, während die anderen Gäste weiterhin für Fragen und Aussagen der Polizei zur Verfügung stehen mussten.

Ada lud uns auf die Schlossterrasse ein, auf der wir im Sonnenschein des späten Nachmittags Platz nahmen und versuchten, uns von den ersten Schrecken zu erholen.

Tief atmete ich die milde Frühlingsluft ein und versuchte, meine Gedanken zu sortieren.

Tatsächlich wechselten die anderen bald das Thema, und als Teresa dem Schlossherrn und seiner Frau Fotos von ihren neuesten

Skulpturen zeigte, wandte sich Giorgio an mich. „Hast du Lust, ein paar Schritte spazieren zu gehen. Nach diesem aufregenden Ereignis kann ich nicht gut lange sitzen bleiben."

Ich ahnte schon, dass er mir etwas über seine Partnerschaft erzählen wollte. Doch zuerst interessierte es ihn, wie Irene mit ihrer Trennung umgegangen war. „Es tut mir so leid", vertraute er mir an. „Ich hatte ihr nicht wehtun wollen. Es war wirklich ein Rausch der Verliebtheit, ein zweiter Frühling. Wer so etwas nicht erlebt hat, der kann auch gar nicht mitreden. Aber das hat leider auch mit viel Einbildung zu tun, schnell hatte ich entdeckt, dass diese ganze Schwärmerei nichts mit Liebe zu tun hat. Die Liebe zu Teresa ist etwas ganz Besonderes, und ich wünschte, sie bliebe uns für immer erhalten."

„Hast du Teresa irgendetwas von dieser kurzen Affäre erzählt?"

„Um Himmels willen, nein! Das würde alles zerstören. Und es war nicht mal eine Affäre, es war nur ein kurzer Rausch, ein Traum, aus dem wir fast rechtzeitig wieder erwacht sind. Sie darf nie etwas von dieser einer Stunde wissen."

Zwei Schmetterlinge flogen neben uns her, und ich betrachtete sie und ihren tanzenden Flug.

„Von mir wird sie nichts erfahren, Giorgio. Ich liebe Teresa und möchte auch nicht, dass sie verletzt wird. Ich habe aber eben Irene auch im Publikum entdeckt und bin froh, dass ihr euch nicht begegnet seid. Ich habe den Eindruck, dass sie dir immer noch ein bisschen nachtrauert, aber glücklicherweise ist sie jetzt etwas abgelenkt. Ein französischer Klavierlehrer Philippe Jasmin gibt ihr Unterricht im Pianospiel, das bringt ihrer Seele Freude."

Giorgio nickte nachdenklich. „Ich hoffe nicht, dass wir uns begegnen. Das möchte ich, wenn es geht, verhindern. Meinst du, sie würde es wagen, Teresa anzusprechen?"

„Normalerweise halte ich sie für eine sensible Frau, die sowohl Feingefühl als auch Takt besitzt. Aber was kann man schon über das Herz einer verletzten Frau sagen? Du hast ihr nicht gesagt, dass du verheiratet bist. Und aus dem, wie du dich ihr gezeigt hast, hat sie entnommen, dass du sie liebst. Du kennst doch euren brodelnden Ätna, so etwas kann dann auch im Herzen einer Frau passieren."

„Meinst du, ich sollte noch einmal mit ihr reden?"

„Ich glaube, es ist alles noch viel zu frisch. Wenn du jetzt mit ihr redest, könnte es in den noch nicht verheilten Wunden schmerzen. Ich glaube, es ist besser, wenn ihr euch jetzt nicht begegnet. Vielleicht ergibt sich dann später noch einmal die Gelegenheit, das ich mit ihr reden kann, wenn du willst."

„Ja, das wäre mir sehr recht. Ich denke, wenn sie weiß, dass ich schon verheiratet war, als ich sie kennenlernte, dann kann sie wahrscheinlich auf Dauer damit besser umgehen. Möglicherweise denkt sie jetzt, ich hätte sie einfach so mutwillig verlassen, wäre einfach nur ein gemeiner Aufreißer. Sie wird verstehen, dass ich meine Ehe nicht aufgeben will, aber es wird ihr Selbstbewusstsein etwas mehr heben, wenn sie diese Situation richtig erfasst."

„Da ist was Wahres dran. Im Moment denkt sie, glaube ich, dass sie nur ein Abenteuer für dich war."

„Das war sie nicht. Es war einfach ein Liebesrausch, sie war es, ihre Person, die in mir all diese Frühlingsgefühle erweckt hat, so stark, dass ich alles um mich herum vergessen habe. Sogar Teresa. Das müsste sie eigentlich stolz machen."

„Ich werde versuchen, es ihr so zu erklären. Und Teresa? Hat sie dir irgendetwas angemerkt?"

„Ich glaube nicht. Ich habe versucht, nicht außergewöhnlich nett zu ihr zu sein, denn das spricht immer für ein schlechtes Gewissen. Aber lass uns jetzt wieder zu Teresa zurückgehen, sonst errät sie vielleicht doch noch etwas."

Als wir wieder zu den anderen zurückkehrten, waren inzwischen Carla und Bernhard ebenfalls eingetroffen.

„Gott sei Dank ist Herr Pelzer das einzige Opfer geblieben", berichtete der junge Klarinettist. „Man kann sich kaum vorstellen, was das alles für Ausmaße angenommen hätte, wenn der Täter an irgendwelche Hauptwasserleitungen herankäme."

Adelaide und Carla verschwanden unbemerkt, während Bernhard weiter von den polizeilichen

Befragungen im Gemeindezentrum berichtete. Etwas später kamen die beiden Frauen wieder und brachten belegte Brote und Brötchen, dazu verschiedene Tees. Damit war Moro nicht zufrieden, und er bat Bernhard, für die seltenen Gäste aus Italien doch einen guten italienischen Wein aus seinem Keller zu holen.

Wir hatten kaum begonnen, den Abendimbiss einzunehmen, als Ermanno hereinstürmte.

Sein besorgter Blick richtete sich auf mich. „Niklas hat mir erzählt, dass du neben Pelzer im Saal gesessen hast, ich habe mir so große Sorgen um dich gemacht. Wie gut, dass dir nichts passiert ist!" Er eilte auf mich zu und begrüßte mich mit einer stürmischen Umarmung.

Auch wenn wir uns bemühten, wenigstens während des Essens den Schrecken etwas loszulassen, kehrten unsere Gedanken immer wieder zum Geschehen des heutigen Tages zurück.

Erst eine ganze Weile später, als mein Verlobter und ich bei leiser Musik in unserer Wohnung entspannten, beruhigten sich unsere Gemüter zusehends.

***

Am anderen Morgen erfuhr ich von Niklas, dass der Täter dem Journalisten Ron Pelzer eine höhere Dosis verabreicht hatte, als bisher angenommen worden war. Man hielt es aus medizinischen Gründen in diesem besonderen Fall für gut, Ron nicht zu wecken, sondern ordnete an, ihn unter besonderer Beobachtung den Schlaf fortführen zu lassen.

„Weißt du jetzt schon etwas über Theo?" fragte ich den Kommissar.

„Er hat uns ein Alibi genannt, dass wir aber erst noch überprüfen müssen. Angeblich hat er sich nicht mit Pelzer getroffen, sondern war bei seiner Schwester in Wittentine. Die ist allerdings bis jetzt noch nicht erreichbar gewesen. Sie fährt heute einen Reisebus in den Süden und wird uns später anrufen. Allerdings ist sie dann erst in acht Tagen wieder in Deutschland. Erst dann kann sie uns sein Alibi persönlich bestätigen. Dann können wir auch erst sehen, ob sie vertrauenswürdig ist und nicht möglicherweise bereit ist, für ihren Bruder zu lügen."

„Habt ihr schon etwas aus Alexander herausbekommen?"

„Obwohl wir ihn vorerst nur als Zeugen befragt haben, hat er sich sofort einen Anwalt genommen, der uns bereits mitgeteilt hat, dass sein Mandant nicht gesund ist, und man sich nicht an Herrn Frisch, sondern sofort an den Anwalt wenden muss."

Ich staunte. „Das kann ich jetzt gar nicht verstehen. Mir gegenüber behauptete er immer, er sei wieder völlig gesund, geheilt. Und nun beruft er sich auf seine Krankheit. Da ist doch mit Sicherheit etwas faul. Habt ihr denn irgendetwas bei ihm gefunden? Vielleicht Reste des Medikamentes?"

„Nein. Wir haben absolut nichts gefunden, bei niemandem. Der Täter muss es tatsächlich nur auf Pelzer abgesehen haben und hatte eine Einmaldosis mitgebracht, sofern es tatsächlich im Vorraum des Theatersaales geschehen ist. So viel steht jedenfalls schon einmal fest, es war keine Injektion im Spiel, es gab deswegen auch keinen Einstich."

„Aber ihr wisst immer noch nicht, wann es passiert ist?"

„Es kann etwas vorher geschehen sein, auf dem Parkplatz oder tatsächlich in der Eingangshalle, vermuten die Mediziner. Aber normalerweise trinkt man nichts auf dem Parkplatz. Und im Vorraum hat er dann zwei Gläser Sekt getrunken. Das hat die Blutuntersuchung ergeben."

Ich wunderte mich. „Zwei? War das gestern so üblich?"

„Eigentlich nicht, für jeden wurde ein Glas Sekt bereitgehalten. Das wundert uns auch."

Mein Gesicht erhellte sich. „Oh nein, jetzt weiß ich, wie es gekommen sein muss. Er hat sein eigenes Glas Sekt getrunken, und dann hat ihm ein anderer Gast sein Glas angeboten, das dann präpariert war. Jetzt müsst ihr nur noch herausfinden, mit wem sich Pelzer in der Eingangshalle unterhalten hat. Gibt es da Videokameras?"

„Leider nein. Aber es war ein Riesengedränge in der Halle. Jeder hat sich mit jedem unterhalten, jeder hat geplaudert. Es ging natürlich in der Hauptsache um Jérôme Tessier, der schon im Vorfeld gefeiert wurde. Er wurde wie ein großer Star umringt und umjubelt. Nun ja, das ist er schließlich auch. Tessier und seine Truppe haben wir natürlich ausgeschlossen aus dem Kreis der Verdächtigen. Sie sind ja erst vor kurzem in Sankt Augustine eingereist und können mit dem Vorgefallenen nichts zu tun haben."

Ich dachte scharf nach. „Wenn Pelzer aus einem fremden Glas getrunken hat, dann muss er denjenigen gekannt haben, der ihm das angeboten hat. Eigentlich kann das doch nur eine Frau gewesen sein. Welcher Mann trinkt schon von einem anderen Mann das Glas leer?"

„Ein guter Gedanke!" lobte Niklas. „Den müssen wir weiter verfolgen. Wir werden alle Gäste fragen, mit welchen Frauen sich Pelzer unterhalten hat."

„Wir hatten bisher Natalie und Melanie im Verdacht, weil sie ein Motiv haben könnten. Die meisten waren allerdings gestern Abend mit sich selbst oder mit Tessier beschäftigt, ich kenne aber eine gute Beobachterin, das ist Irene, deren Nichte zuletzt von mir gesucht wurde. Sie war ohne Partner anwesend und könnte daher die Gäste etwas näher betrachtet haben, ich werde gleich zu ihr gehen und sie fragen, ob ihr etwas aufgefallen ist."

Der Kommissar nickte. „Gut, ich werde mit einem Kollegen Melanie und Natalie besuchen, eine Zeugenbefragung durchführen und die beiden bei der Gelegenheit noch einmal sehr genau unter die Lupe nehmen."

Wir wünschten uns gegenseitig viel Erfolg, und ich machte mich auf den Weg durch die historische Altstadt. Unterwegs fiel mir ein, dass Irene möglicherweise noch nicht von ihrer Arbeit zurück war und so entschloss ich mich, zuerst einen kleinen Umweg zum Gutshof zu machen. Draußen bei den Pferden traf ich Maria, die mich fröhlich anstrahlte.

„Hallo Abigail! Ich weiß schon, dass die meisten Leute in der Stadt heute sehr viel schlechter drauf sind als ich, weil sie noch wegen des gestrigen Geschehens im Gemeindezentrum schockiert sind, aber mein Herz muss sich einfach freuen. Weißt du auch warum?"

„Nein, aber du wirst es mir sicher gleich erzählen."

„Ob du es nun glaubst oder nicht, Clemens und ich sind ein Paar, und er ist so verliebt. Er trägt mich seit zwei Tagen auf Händen."

„So schwer bist du ja auch nicht", scherzte ich.

„Nein, Spaß beiseite! Ich freue mich für dich und wünsche dir, dass euer Glück so lange wie möglich hält. Ich kenne ihn ja nun auch schon länger und weiß dass er ein sehr netter Kerl sein kann, wenn er will. Wahrscheinlich hast du recht, du rufst in ihm nur das Beste hervor."

„Also, falls du die Schirmer-Zwillinge suchst, die sind gerade eben ausgeflogen. Jasmins Freund, der Kommissar Niklas Meyer, hatte für die beiden wohl eine besondere Aufgabe zur Überwachung von Personen bereitgestellt."

Ich staunte. „Ist das nicht zu gefährlich? Weißt du da etwas Näheres?"

„Ich glaube, es ging um eine Apothekerin, die in Wittentine arbeitet. Die beiden sollten da wohl etwas beobachten. Nein, das war bestimmt keine gefährliche Angelegenheit."

„Ach so, ja. Dann weiß ich schon, wenn die beiden observieren sollen. Niklas weiß bestimmt, was er tut. Ist dir eigentlich gestern hier irgendetwas aufgefallen? Ich habe dich und Clemens gar nicht bei der Generalprobe gesehen."

„Clemens hatte Notdienst und mehrere Patienten, da habe ich ihm geholfen. Wir wollen dann zur Premiere gehen, das reicht ja auch. Und ich glaube, es lungern immer noch ein paar Goldgräber hier in der Gegend herum, unser schöner einsamer Weg ins Blumenviertel wird bald noch zum Pilgerpfad. Ich sehe ganz oft den Architekten Müller. Er fährt jetzt täglich mit einigen Handwerkern in das Blumenviertel, und er legt auch eifrig selbst

Hand an. Als ich gestern Morgen joggte, ist er mir auch wieder begegnet. Die Renovierungen scheinen ihm sehr am Herzen zu liegen."

Ich dachte mir meinen Teil. Wahrscheinlich gefiel ihm auch Greta sehr gut, und ich versuchte mir die beiden in Gedanken als Paar vorzustellen. Ich sah sie vor meinen inneren Augen als dynamisches Duo und fand, dass sie gut zueinander passten.

Ich verabschiedete mich von Maria und entschloss mich zu einem weiteren Umweg an die Vinigrette, wo ich meine Freundin in Arbeitskleidung antraf.

Sie begrüßte mich stürmisch. „Schön, dass du vorbeikommst. Magst du mir mithelfen oder gibt es irgendwelche Neuigkeiten?"

„Ich wollte dich nur kurz besuchen, und einmal nachsehen, wie es dir geht und ob du gut vorankommst. Leider ist der Kommissar mit seinen Ermittlungen noch nicht weitergekommen. Ich denke, du hast vom gestrigen Vorfall gehört? Ron Pelzer liegt noch im Krankenhaus und ist noch nicht vernehmungsfähig."

„Ja, das stand auch heute Morgen schon in der Zeitung. Ich habe leider gestern im Foyer nicht aufgepasst. Ich war so sehr mit Henry und den Kindern beschäftigt. Saskia habe ich schon ganz ins Herz geschlossen, Konstantin ist noch etwas zurückhaltend. Ich glaube, er hat seine Mutter noch gut im Gedächtnis und hat sie sehr geliebt. Da will ich ihn auch nicht überfahren, sondern sehr sensibel mit ihm umgehen. Er war ja schon größer, als seine Mutter starb und hat sie dementsprechend auch mehr vermisst."

Ich sah sie aufmerksam an „Dir liegt sehr viel an den Kindern, nicht wahr?"

Se nickte. „Ich habe sie ins Herz geschlossen und Saskia hängt inzwischen an mir. Lena und

Saskia wollen mich gleich nach der Schule wieder besuchen. Übrigens, wundere dich nicht! In meiner Küche arbeitet gerade Henry. Er scheint dieses Häuschen zu lieben."

„Nur dieses Häuschen? Aber du hast Recht, man sieht schon, dass es ein Schmuckstück werden wird."

„Oscar will übrigens zur Premiere kommen. Eigentlich wollte er schon gestern da sein, aber zum Glück hat er das nicht geschafft. Sonst wäre er wahrscheinlich wieder verdächtigt worden, weil er ja auch bei der Braut-Entführung ein Schlafmittel benutzt hat."

„Ah! Das hat er dir verraten?! Ich habe gehört, dass es doch noch eine Verhandlung geben wird. Obwohl die Braut keine Anzeige erstattet hat. Die Polizei selbst wirft ihm ein Vergehen vor, aber bisher ist er noch auf freiem Fuß."

„Das wird er auch bleiben. Er hat ja nichts wirklich Schlimmes getan. Was ist schon eine

Brautentführung aus Liebe?! Und er wird sich bestimmt mit seinem vielen Geld freikaufen können."

„Und du liebst ihn immer noch?"

„Ich weiß es wirklich nicht. Vielleicht habe ich einfach immer nur für die Männer Gefühle, die ich nicht haben kann. Ist das nicht schrecklich? Ich bin Psychotherapeutin und kann mir selbst nicht helfen."

„Das höre ich oft, Greta. Jeder Arzt muss sich helfen lassen, wenn es notwendig ist. Es ist gut, wenn du auch einmal Hilfe annimmst. Fühlst du etwas für Henry?"

„Oh ja. Und wenn es nicht dieses zuckersüße Gefühl wäre, sondern ein Schmetterlingsflattern im Bauch, dann würde ich ihm sofort einen Heiratsantrag machen."

Ich lachte. „Du bist ein Phänomen. Jetzt mal etwas anderes. Was machen eigentlich die Goldsucher? Maria hat mir erzählt, dass es immer noch ganze Völkerwanderungen nach hierhin gibt."

„Richtig, Abigail. Ron Pelzer hat mir gestern noch vorgeschlagen, dass er in der Zeitung schreiben will, dass mein Fund kein echter Fund aus der Römerzeit wäre, und dass es sich noch nicht einmal um echtes Gold handele. Aber ich glaube, auf diesen Trick fällt keiner herein."

„Das kann er ja nun im Moment nicht schreiben. Und dir ist gestern wirklich nichts aufgefallen? Oder weißt du von irgendjemandem, der sein Sektglas an Ron weitergereicht hat? Er muss außer seinem eigenen auch noch ein fremdes Glas zusätzlich geleert haben, und dieser Inhalt war wohl präpariert worden."

„Raffiniert! Der Täter ist gar nicht dumm."

„Hm", machte ich. „Ich hatte gedacht, dass er kein Glas von einem ganz Fremden leert, und möglicherweise auch nicht das von einem Mann, sondern von einer Frau. Könnte das stimmen?"

„Das muss nicht unbedingt so sein. Es kann auch das Glas eines guten Bekannten gewesen sein, ihr solltet euch nicht unbedingt auf eine weibliche Person festlegen. Aber, so ganz verstehe ich das nicht, wer trinkt schon das Glas von einem Fremden. Ein Alkoholiker? Oder er hat jemandem damit einen besonderen Gefallen tun wollen."

„Auf jeden Fall ist alles sehr rätselhaft, und wir haben immer noch keinen vernünftigen Anhaltspunkt, nicht einmal ein besonders hervorstechendes Motiv."

Der Architekt Müller trat aus dem Häuschen heraus und begrüßte mich. „Nett, dass Sie uns auch einmal besuchen, Abigail. Greta hat mir schon sehr viel von Ihnen erzählt und Saskia, meine Tochter, auch. Und? Wie finden Sie es jetzt hier? Entwickelt sich das Projekt nicht schon sehr schnell?"

Ich nickte eifrig. „Oh ja! Die Teamarbeit funktioniert prächtig, und ich kann mir vorstellen, dass das Häuschen bald ein Schmuckstück sein wird, unter anderem auch dank Ihrer Hilfe."

„Sagen wir doch Du zu einander", schlug er mir vor. „Wir werden uns doch bestimmt demnächst noch öfters sehen."

„Bestimmt. Greta und ich sind gute Freundinnen, und wir versuchen auch, etwas Zeit für uns zu erübrigen. Wirst du bei den anderen Häuschen hier rundherum auch mithelfen?"

Er lachte, dieses Lachen ließ sein Gesicht jünger erscheinen. „Nein. Das meiste werde ich hier den Firmen und Handwerkern überlassen. Ich habe nur an diesem Häuschen ein besonderes Interesse, und ich möchte natürlich

Greta helfen. Schließlich ist sie ja auch eine berühmte Bürgerin unserer Stadt und wurde schon von Moro in Märchenpark verewigt, als Ritterfräulein Melusine."

„Trinken wir einen Kaffee gemeinsam?" schlug uns Greta vor, und wir stimmten zu.

Bald saßen wir gemeinsam in der kleinen gemütlichen Landhausküche und erfrischten uns mit Kaffee und Wasser.

„Keine Sorge, Abigail! Das Wasser habe ich heute Morgen aus dem Supermarkt der Nachbarstadt gekauft und die Flaschen alle auf Unversehrtheit geprüft."

Nachdem wir auch noch von Frau Bühlers frischgebackenem Kirschkuchen probiert hatten, und uns Henry über die weiteren Sanierungsarbeiten aufgeklärt hatte, fanden wir wieder zu dem Gesprächsthema des gestrigen Nachmittages zurück.

Henry vermutete zwar wie ich, dass der Täter eher eine Täterin war, aber er hatte eine ganz andere Idee. „Vermutlich wird die Dame behauptet haben, keinen Alkohol vertragen zu können. Und wenn jemand zum Beispiel einmal Alkoholiker war, oder trockener Alkoholiker ist, dann schämen sich oft noch manche von ihnen, dies in der Öffentlichkeit zu zeigen. Diese Dame wollte dann lieber ein leeres Glas wieder zurückgeben, als sich bloßzustellen mit der Verdächtigung, sich den Alkohol aufgrund der Suchtgefahr versagen zu müssen."

Ich überlegte. „Möglich, dass es so gewesen ist. Dann wäre aber das präparierte Glas für diese Frau bestimmt gewesen. Dann müssten wir wieder ganz woanders anfangen zu suchen. In diesem Fall sollte ja dann wiederum diese Frau betäubt werden, und wir wissen nicht, welche, geschweige denn warum."

Während wir noch hin und her diskutierten, sahen wir durch das Fenster schon von weitem, dass sich Saskia und Lena in großem Tempo näherten. Sie stürzten auf das Häuschen zu und fuchtelten wild mit den Armen. Ihren erröteten Gesichtern sah man an, wie sehr sie sich angestrengt und möglicherweise auch aufgeregt hatten.

Wir erhoben uns von der Küchenbank und eilten den laut rufenden Kindern entgegen.

„Was ist passiert?" fragte Henry, als ihm seine Tochter ganz außer Atem in die Arme fiel.

„Konstantin ist weg."

Henry sah seine Tochter verständnislos an.

„Wie, weg? Was meinst du damit?"

„Er ist fortgelaufen. Und ich glaube, er wird nie wieder nach Hause kommen. Er hat mir einen Zettel geschrieben zum Abschied." Saskia reichte ihrem Vater ein zusammengefaltetes Papier.

Henry reichte Greta das Blatt weiter. „Hier! Lies du bitte laut vor! Meine Brille liegt drinnen."

Die junge Frau blickte verwundert auf den Brief und las. „Liebe Saskia. Sei nicht traurig, wenn wir uns jetzt erst einmal nicht wiedersehen. Ich werde mich melden. Du darfst alle Sachen in meinem Zimmer haben. Und denk daran, ich bin sehr froh, dass ich dich als Schwester habe. Bleib so wie du bist, Konstantin."

„Was soll das bedeuten?" Henry sah Greta hilflos an.

„Er scheint weggelaufen zu sein, wie das Kinder in dem Alter manchmal tun. Aber weißt du denn, warum? Habt ihr euch gestritten?"

„Nein, im Gegenteil. Wir hatten gestern noch einen sehr schönen Abend zusammen, wir haben alle miteinander gespielt. Stimmt's, Saskia?"

Die Kleine nickte. „Ja, es war wirklich ein cooler Abend. Wir haben alle auch sehr viel gelacht, und keiner von uns hat gestritten."

„Soll ich die Polizei verständigen?" fragte Henry aufgeregt.

Greta schüttelte den Kopf. „Nein, noch nicht, das bringt noch nichts. Abigail kann es dem Kommissar sagen, der kann die Sache ja schon einmal im Hinterkopf behalten. Aber wir müssen jetzt erst einmal überlegen, warum er weggelaufen ist und wohin er gegangen sein kann. Hat er dir irgendetwas vorher gesagt, Saskia?"

„Nein. Aber ich weiß, wo er sein Geheimfach in seinem Zimmer hat. Das kann ich euch zeigen. Kommt er denn jetzt nie mehr wieder?" Sie begann zu weinen, und ihr Vater tröstete sie.

„Wir werden ihn schon finden, und dann sprechen wir mit ihm", versprach Greta. „Er wird bestimmt wieder kommen, denn er hat euch doch lieb."

Eilig verschloss sie das Häuschen, gemeinsam liefen wir zu Henrys Auto und quetschen uns alle in den Sportwagen.

Während ich vorn neben Henry saß, tröstete Greta die beiden Kinder auf dem winzigen Rücksitz. „Wir werden jetzt alle zusammen gut überlegen, und dann planen wir, wie wir das Problem am besten lösen. Und wenn wir ein Stoßgebet in den Himmel schicken, dann kann das auch nicht schaden."

Kurze Zeit später hatten wir die Villa des Architekten erreicht.

Greta bekam plötzlich Bedenken. „Entschuldige bitte Henry, dass wir dich jetzt einfach so überfahren haben. Ist es dir überhaupt recht, dass wir dir mithelfen? Und dann ist es mir auch noch siedend heiß eingefallen, dass ich möglicherweise der Grund bin, dass Konstantin weggelaufen ist. Sicher liebt er seine Mutter sehr und hat vielleicht Angst, dass ihr euch jetzt alle zu viel um mich kümmert."

Henry schüttelte den Kopf. „Nein, wir haben uns gestern Abend auch noch über dich unterhalten, so ganz beiläufig, während des Spielens. Konstantin fand dich sehr sympathisch, und er hat mir sogar den Rat gegeben, dich näher kennenzulernen. Also Eifersucht auf dich kann jedenfalls nicht der Grund gewesen sein, dafür, dass er weggelaufen ist."

„Kann es mit der Schule zu tun haben?" erkundigte ich mich.

„Nein. Er ist gut in der Schule, gehört mit zu denen, die bessere Noten haben. Und mit den Lehrern und Mitschülern kommt auch sehr gut zurecht. Vor ein paar Tagen hatten wir noch einen Elternabend, da habe ich mich mit seiner

Klassenlehrerin unterhalten. Sie ist sehr zufrieden mit ihm und lobt ihn als einen sozialen Mitschüler, der vielen hilft."

„Wie alt ist er genau?" wandte sich Greta an den unglücklichen Vater.

„Vierzehn. Ja, ich weiß, dass in dem Alter die Jungen schon mal in die weite Welt wollen. Aber ich habe so ein gutes Verhältnis zu ihm, ich kann das einfach nicht glauben. Er hätte mir doch etwas davon erzählt, wenn er Fernweh gehabt hätte."

Greta strich ihm tröstend über den Arm. „Nicht unbedingt. Aber wir müssen auf jeden Fall noch weitere Hinweise finden, damit wir vielleicht einen Grund erkennen."

In der Villa folgten wir Saskia, die uns vorausging und uns in Konstantins Zimmer führte. Als erstes entdeckte ich über dem Bett ein riesengroßes Poster. Es war eine Fotografie der Skyline von Frankfurt am Main.

„Liebt er die Großstadt?" staunte ich.

Henry klärte mich auf. „Nein, er lebt gern in Sankt Augustine und erzählt jeden Tag, dass er sich freut, wenn er aus Wittentine nach Hause kommt, weil es ihm dort manchmal zu laut ist. Aber dieses Bild hat er sich schon als kleiner Junge dorthin gehängt. Er will später auch einmal Architekt werden und er meinte, weil ich mich so viel um historische und kleine Häuser bemühe, müsste er unbedingt riesige Hochhäuser bauen, zum Ausgleich."

„Ein merkwürdiger Gedanke", fand Greta und wandte sich an Saskia. „Und wo ist jetzt das Geheimfach?"

Das Mädchen zog die unterste Schublade vom Schreibtisch auf und schaute hinein. Enttäuscht blickte sie uns an. „Hier, ganz unten unter den Schulheften, da hatte er immer eine Mappe versteckt, die hat er oft angeschaut. Aber wenn ich hereinkam, hat er sie immer eilig wieder unter die Schulhefte geschoben. Dann war er auch immer ganz verwirrt und durcheinander. Es war ein roter Schnellhefter, aber der ist jetzt nicht da."

„Hast du denn mal in die Mappe hineingeschaut?" fragte der Vater.

„Nein!" empörte sich Saskia. „Er braucht doch seine Geheimnisse. Jeder braucht das. Das hätte ich niemals getan."

„Wir müssen sie jetzt leider suchen", entschied der Vater. „Ein Junge in dem Alter kann allein nicht für sich sorgen, außerdem ist es gefährlich für ihn, je nachdem, wohin er gegangen ist. Am liebsten würde ich doch die Polizei einschalten."

„Ich habe Niklas schon geschrieben", verriet ich ihm. „Er will sich darum kümmern, ganz privat natürlich. Hat er denn irgendwelche Verwandten oder Freunde zu denen er gegangen sein kann?"

„Wir haben keine Verwandten mehr, aber die Freunde werde ich einmal anrufen."

Während Henry sämtliche Freunde und Bekannte anrief, suchten Greta und ich mit Saskia weiter nach dem roten Ordner.

Henry wurde immer verzweifelter. Je mehr er telefonierte und hören musste, dass niemand wusste, wo sich sein Sohn aufhielt, desto mehr regte er sich auf.

„Darf ich dich einmal etwas sehr Privates fragen?" wandte ich mich an ihn.

„Natürlich. Vielleicht kommen wir auch auf ungewöhnliche Weise weiter."

„Wie ist deine Frau eigentlich gestorben? Bis jetzt weiß ich nur, dass sie krank war."

„Ich habe das nie so breit getreten, aber dir kann ich es sagen. Sie war eine bekannte Sportlerin, bekannt unter ihrem Mädchennamen Eva Werner. Sie war Schnellläuferin und hat etliche Siege errungen. An ihrem letzten

Wettbewerb hat sie teilgenommen, am Tag, als sie starb. Leider hatte sie durch eine verschleppte Grippe eine Herzmuskelentzündung, und ist dann beim Wettkampf zusammengebrochen. Der Notarzt konnte sie nicht mehr retten."

„Wie schrecklich!" rief Greta aus. „Davon habe ich gar nichts gehört. Wohntest du damals auch schon in Sankt Augustine?"

„Ja, aber ich wollte nicht, dass es so breit getreten wird und habe der Presse gesagt, sie solle nur das Nötigste berichten, nur, dass sie nicht mehr unter uns."

„Das kann ich verstehen. Ich mag auch nicht den Wirbel in der Presse", stimmte ihm die junge Frau zu.

„Hier ist sie!" rief Saskia aus. „Die rote Mappe! Ich habe sie unter dem Bett gefunden."

Henry öffnete sie, blätterte darin herum und zeigte sie uns staunend. „Es sind alles

Zeitungsartikel, und alle über Eva, alle aus dem hiesigen Zeitungsblatt."

Er reichte sie Greta, die sie sich sorgfältig ansah. „Das sind alles wahnsinnig lobende Artikel über die Sportlerin Eva. Hier ist auch der letzte Artikel vor dem Wettbewerb an ihrem Todestag. Eine große Aufforderung, unbedingt zu siegen. Da steht: „Eva, du musst für uns gewinnen!" Und ein andere Artikel noch am gleichen Tag. „Siege für Sankt Augustine!"

Danach folgt nur noch eine kleine Todesanzeige."

Greta reichte mir ebenfalls die Mappe und ich betrachtete die Artikel näher. Wer sie wohl geschrieben hatte? Beim näheren Hinsehen entdeckte ich die Unterschriften. Kein Zweifel, nachdem ich sie alle durchgeblättert hatte, verkündete ich den Anwesenden: „Sie sind alle von Ron Pelzer geschrieben. Ist das nicht merkwürdig?"

„Ja, dass ist nicht verwunderlich", antwortete Henry. „Zu dieser Zeit gehörte ihm die Zeitung noch vollständig und er bestimmte, welche Artikel gedruckt wurden."

Greta sah mich aufmerksam an. „Hast du irgendeinen Verdacht? Ich finde da nichts Besonderes daran, dass der Junge diese lobenden Zeitungsausschnitte seiner Mutter gesammelt hat."

„Nein, daran finde ich auch nichts Besonderes. Aber es muss einen Grund geben, warum Konstantin diese Mappe geheim gehalten hat."

Die Psychologin wusste dafür eine Erklärung. „Vielleicht hat er sich geschämt, dass er seiner Mutter so lange nachtrauert. Und er hat dann immer in einer stillen Stunde in die Mappe geschaut und sie dann schnell wieder versteckt, wenn seine Schwester in die Nähe kam."

Ich ließ nicht locker. „Aber warum ist er dann jetzt weggelaufen und hat kurz vorher die Mappe an einem anderen Ort versteckt?"

Greta sah mich verwundert an. „Er wollte eben nicht, dass man sie sofort findet. Ich weiß nicht, worauf du hinaus willst, Abigail."

In meinem Kopf wurde plötzlich aus vielen Einzelheiten ein Ganzes. Wenn man wegläuft, dann will man häufig etwas verlassen, das einem nicht gut tut. Manchmal auch ein schlechtes Gewissen. Wenn nun Konstantin irgendetwas mit Pelzers Betäubung zu tun hatte? Er war auch bei der Generalprobe gewesen.

„Hat eigentlich Konstantin auch ein Glas Sekt bekommen?" erkundigte ich mich bei Henry.

„Ja natürlich", wusste auch Greta. „Aber warum willst du das denn wissen?"

„Hat er es auch getrunken?"

„Ich habe gesehen, dass er es in der Hand hatte, als er durch die Menge spazierte", wusste Saskia. „Ich habe gedacht, er mag keinen Sekt, weil er ja noch ein Kind ist und habe gedacht, er geht mit dem Glas bestimmt zur Toilette, um es heimlich auszuschütten."

In meinem Kopf schwirrte es. Also hatte Konstantin Gelegenheit gehabt, in seinem Glas Betäubungsmittel zu verstecken. Dann war er möglicherweise zu Pelzer gegangen, und hatte ihn gebeten, das Glas zu leeren. Aber warum? Welchen Grund sollte er gehabt haben? Auf den ersten Blick konnte ich an den Artikeln über Konstantins Mutter Eva nichts Negatives erkennen. Es waren viele lobende und aufmunternde Worte dabei. Ich las die beiden letzten noch einmal durch. Sie hörten sich nicht mehr ganz so freundlich an. Ich spürte einen gewissen Druck für die Sportlerin, die aufgefordert wurde, für Sankt Augustine unbedingt alles zu geben. Ob sie gefühlt hatte, dass es ihr nicht gut ging? Ob sie von ihrer Krankheit gewusst hatte und trotzdem für den Erfolg siegen wolltc?

Mit all diesen Überlegungen konnte ich mir noch nicht alles zusammenreimen. Aus welchem Grund könnte Konstantin Pelzer das Mittel verabreicht haben? Hatte er auch diesen Druck gespürt? Bei diesen Überlegungen kam ich nicht weiter, und ich versuchte erst mal, eine Verbindung zu den anderen Betäubungsfällen zu finden. Konnte Konstantin damit auch etwas zu tun gehabt haben?

Wie konnte er an den Schlüssel zum Gemeindezentrum gelangt sein?

Natürlich! Er holte seine Schwester Saskia häufig bei Nora Leineweber ab und dort hing der Schlüssel im Schlüsselkasten, und ein cleverer Junge wie Konstantin konnte sich einen Abdruck angefertigt oder sich den

Schlüssel sogar einmal für einen Tag ausgeliehen haben. Sicherlich kannte er die Tage, an denen Nora diesen Schlüssel für die Kinderschauspielgruppe benötigte. Dazu musste er ja nur seine Schwester befragen.

Aber warum sollte er der Tanzgruppe etwas antun? Was hatten ihm diese Menschen getan?

Bevor ich mich weiter in diese Idee hineinsteigern konnte, weckte mich Henry aus meinen Gedanken.

„Ich muss ihn sofort anrufen. Ich muss wissen, was mit Konstantin los ist. Vielleicht ist er entführt oder erpresst worden. Er hatte es doch gut zu Hause. Warum sollte er da weglaufen?"

Er wählte auf dem Display Konstantins Nummer und wartete ungeduldig, aber, wie ich schon befürchtet hatte, tat sich nichts. Nach einer Weile meldete sich lediglich die Mailbox.

Greta legte den Arm tröstend um seine Schultern. „Mach dir noch nicht allzu viele

Sorgen, Henry! Jungen in diesem Alter kommen schon mal auf verrückte Ideen. Er ist auch in der Pubertät. Vielleicht hatte er heute einmal einen schlechten Tag und ist am Abend schon wieder zurück."

Er schüttelte den Kopf. „Nein, es muss irgendetwas passiert sein." Er wandte sich an mich. „Was sagt denn die Polizei? Hat Niklas schon irgendetwas zurückgeschrieben?"

Ich schaute in mein Handy. „Offiziell kann er ja noch nicht suchen, dazu ist es noch zu früh. Besonders da Konstantin behauptet, aus freien Stücken weggegangen zu sein. Aber der Kommissar schreibt, dass er überall achtgeben wird und auch schon einer Streife Bescheid gesagt hat. Sie wollen sich melden, wenn sie eine Spur von deinem Sohn sehen."

Ich vertiefte mich erneut in die Artikel von Ron Pelzer, je öfter ich die letzten beiden durchlas, umso mehr glaubte ich einen psychischen

Druck zu spüren, der auf Eva gelastet haben musste. Wenn die ganze Stadt solch eine Erwartungshaltung gehabt hatte wie dieser Ron Pelzer, dann hatte es für die junge Frau bestimmt keine andere Möglichkeit gegeben, als bei dem Wettbewerb alles zu geben, was in ihren Kräften gestanden hatte.

Dennoch war Ron wohl nicht Schuld an ihrem Tod. Niemand hatte etwas von ihrer Krankheit gewusst, sicher auch nicht Ron. Was konnte also in Konstantin vorgegangen sein, falls er wirklich etwas damit zu tun hatte? Der Gedanke ließ mich einfach nicht mehr los. Und was bezweckte er jetzt, wenn er der Täter war? Wollte er wirklich weglaufen oder vielleicht nur Aufmerksamkeit erlangen? Kämpfte er für sich selbst oder für das Ansehen seiner Mutter? Fragen über Fragen, auf die mir keine Antwort einfiel. Und was war mit den Goldsuchern, die betäubt worden waren? Was hatten sie mit

Konstantin zu tun? Oder gab es vielleicht mehrere Täter?

Saskia wandte sich an Greta. „Meinst du, er kommt wieder?"

Sie nahm das kleine Mädchen in den Arm. „Ganz bestimmt. Er liebt euch doch, und er weiß doch bestimmt, dass ihr ihn auch liebt."

Die Kleine nickte. „Ja, ich glaube schon, dass er es weiß. Er hatte doch vor kurzem Geburtstag. Frau Bühler hat ihm eine wunderschöne Torte gebacken und Papa hatte ihm genau das geschenkt, was er sich gewünscht hatte, einen Laptop. Ich habe ihm auch eine CD geschenkt, die er besonders gern hat. Alle mögen ihn."

„Du kannst auch immer mal wieder versuchen, ihn anzurufen", wandte sie sich an das kleine Mädchen. „Vielleicht fällt es ihm leichter, bei dir an den Apparat zu gehen."

Vater und Tochter probierten es eine ganze Weile, Konstantin zu erreichen, aber sie hatten keinen Erfolg.

Frau Bühler, die ihren freien Tag gehabt hatte, fand uns im Jugendzimmer und erschrak sichtlich, als Henry ihr von Konstantins Verschwinden berichtete.

Sie konnte nicht glauben, dass er einfach so weggelaufen war und versuchte nun, bei all ihren Bekannten nach dem Jungen zu fragen. Nach einer Weile legte sie eine Pause ein und lief in die Küche, um dort Tee zu kochen.

Saskia hatte sich auf Konstantins Bett gesetzt, Henry saß am Schreibtisch des Jungen, und Greta und ich standen am Fenster und starrten hinaus.

„Ich bin froh, wenn die Polizei endlich ihre Suche beginnen kann", teilte uns der unglückliche Vater mit. „Ich bin jetzt ganz sicher, dass irgendetwas Schlimmes passiert ist.

Vielleicht hat er gesehen oder entdeckt, wer Ron Pelzer betäubt hat und wurde nun entführt."

Während ihn Greta beruhigte, kam Frau Bühler mit dem Tee, der uns ein wenig erfrischte und mich wieder in das Gedankenkarussell versetzte.

Gerade, als ich mir vorstellte, wie man den Jungen entführt hatte, klingelte Gretas Handy. Automatisch stellte sie es auf „Laut", sodass wir das Gespräch mithören konnten.

Es war Konstantin, und wir hielten den Atem an, um zu lauschen:

„Saskia! Ich rufe dich ganz kurz an. Ich komme nicht zurück, ich bin weit weg in einer sehr großen Stadt mit hohen Häusern."

„Wo bist du denn?" erkundigte sich das Mädchen.

„In einer sehr großen Stadt, deren Namen ich nicht nennen will. Aber ihr werdet von mir hören, denn es wird auch hier etwas geschehen. Es muss einfach etwas geschehen, damit die Welt endlich über Mamas Tod spricht."

Henry riss Saskia das Handy aus der Hand. „Konstantin, bitte komm zurück! Wir haben dich lieb! Wir vermissen dich! Wo kann ich dich abholen?"

Eine Sekunde lang folgte Stille, dann hörten wir wieder die Stimme des Jungen. „Ich kann jetzt nicht mehr zurück Papa. Was ich angefangen habe, muss ich auch zu Ende führen.

Ich habe hier ein Medikament, mit dem ich die ganze große Stadt in den Schlaf versetzen kann."

„Bitte, Konstantin! Es wird alles wieder gut, wenn du jetzt zurückkommst", flehte der Vater.

„Nein Papa! Das kann nicht wieder gut werden. Dieser Ron Pelzer ist schuld an Mamas Tod, er hat sie in diesen wahnsinnigen Wettkampf getrieben. Alle solche Wettkämpfe sind Wahnsinn, in denen die Leute ihre Gesundheit aufs Spiel setzen. Und hinterher hat keiner mehr etwas über Mama gesagt. Da hätte man riesengroße Artikel in die Zeitungen schreiben müssen, über sie, zu ihrem Andenken. Aber für diesen Pelzer und alle Leute in Sankt Augustine war sie ja gestorben. Ein Denkmal hätte man ihr setzen müssen."

„Aber Konstantin, ich war es doch, der verhindert hat, dass man es in der Zeitung schrieb.

Ich war so furchtbar traurig und verzweifelt. Ich wollte in stiller Trauer mit ihr sein."

Der Junge fuhr unbeirrt fort. „Man hat sie einfach vergessen, obwohl sie so viel geleistet hat, obwohl sie alles gegeben hat. Erst hat man sie in den Tod getrieben, und dann einfach fallen gelassen. Nein, Papa jetzt gibt es kein Zurück mehr."

Saskia nahm dem Vater das Telefon aus der Hand. „Konstantin, bist du in Frankfurt?"

„Ja, aber Frankfurt ist groß, ihr werdet mich dort nicht finden. Lasst mich einfach stehen und sucht nicht nach mir!"

Die Kleine begann zu weinen und bettelte: „Bitte, Konstantin, bitte komm wieder zurück! Wir drei gehören doch zusammen. Und das will die Mama bestimmt auch, wenn sie vom Himmel aus zuschaut. Bitte tue jetzt erst einmal gar nichts!"

Erneut nahm sich Henry das Telefon. „Junge, bitte! Wir brauchen dich! Wir könnten es nicht vertragen, nach Mama auch jetzt noch dich zu verlieren. Bitte überlegte doch noch mal alles! Ich hole dich gern ab, von überall, wo du auch bist. Und dann werde ich dafür sorgen, dass alles gut wird, und dass alles gemacht wird, was du willst. Verspricht mir, dass du jetzt bitte nichts unternimmst."

„Ich werde gleich noch einmal anrufen. Aber ich kann euch nichts versprechen. Bis gleich!" Ohne einen Abschiedsgruss beendete er das Gespräch.

Der Vater sah uns verzweifelt an. „Wo sollen wir ihn denn jetzt finden? Wir konnten gar keine Handyortung in Auftrag geben. Wenn er jetzt irgendetwas Dummes tut?! Er sprach auch von Hochhäusern. Hoffentlich will er da nicht herunterspringen!"

Greta trat zu ihm und strich ihm liebevoll über das Haar. „Ich glaube, er will unbedingt etwas erledigen. Und das hat er noch nicht getan, und deswegen haben wir auch Hoffnung. Am besten sagst du jetzt der Polizei Bescheid, damit sie schon beginnen können, Konstantin zu suchen, vielleicht sogar mit Handyortung. Und wir überlegen uns inzwischen, wie wir bei dem nächsten Gespräch zu ihm reden. Wir müssen ihn davon überzeugen, dass es auch noch bessere Möglichkeiten gibt, seine Mutter wieder in die Gedanken der Menschen zu bringen und auf die Tragik ihres Lebens aufmerksam zu machen. Offensichtlich hasst er alles, was mit einem besonderen Einsatz der Gesundheit oder des Lebens in einem Wettkampf ausgetragen wird. Und das, weil er den Tod seiner Mutter nicht wirklich verarbeitet hat. Er muss sehr an ihr gehangen haben. Und obwohl ihr sehr liebevoll und einfühlsam mit ihm umgegangen seid, hat er sich wohl nicht getraut, über diese schlimmen Verlustgefühle zu sprechen. Es ist wohl wie eine Art von Trauma, aus dem sich auch unbehandelt fixe Ideen ergeben können."

Während Henry mit der Polizei telefonierte, überlegten Greta und ich, wie wir Konstantin beruhigen könnten.

Saskia hatte sich die Tränen getrocknet. „Ich weiß etwas, das Konstantin trösten könnte."

„Oh wunderbar!" rief ich aus. „Sag uns alles, was dir einfällt!"

„Er würde sich bestimmt freuen, wenn dieser große Künstler aus dcm Schloss auch eine so schöne Skulptur als Denkmal für Mama herstellen könnte. So eine Figur, wie er sie von dir als Melusine für den Märchenpark gebastelt hat, Greta. Dann hätten alle ein Andenken, die Stadt Sankt Augustine, und alle Leute hier und auch Konstantin."

„Das ist eine fantastische Idee", fand ich. „Das werden wir ihm sagen, wenn er anruft. „Vielleicht sollte man dann aber auch ein paar gute Artikel zum Andenken in die Zeitung setzen. Wie denkst du darüber, Henry?"

„Ja, vielleicht. Aber ich komme immer noch nicht ganz klar mit der Situation. Wie ist er denn auf die Idee mit dem Schlafmittel gekommen und woher hatte er es? Was wollte er damit sagen?"

Greta überlegte. „Die Leute vom Tanzclub hat er sicher betäubt, damit es bei dem Wettbewerb nicht zu extremen Situationen kam, vermutlich wollte er die Tänzer sogar davor schützen, am Ende kraftlos zusammenzubrechen. Sicherlich wollte er der Welt damit auch mitteilen, dass er solche Wettbewerbe nicht gut findet. Bei Ron Pelzer denke ich, hat die Betäubung sicher noch eine andere Bedeutung. Vermutlich wollte er ihn bestrafen, weil er einerseits glaubt, dass er eine Mitschuld hat am Tod seiner Mutter, andererseits weil er sie dann in seinen Augen fallen gelassen hat, nachdem sie nicht den Sieg für die Stadt errungen hat. Er empfindet wohl, dass der Journalist sie erst hochgejubelt und bis zum äußersten getrieben und sie dann später einfach sang- und klanglos hat verschwinden lassen. Er hat sie also gleich zweimal sterben lassen. Das liegt sicherlich schwer in seinen Gedanken und Gefühlen. Aber die Ärzte haben mir mitgeteilt, dass Pelzer wieder aufwacht, ohne bleibende Schäden. Niklas wollte ihn mit Sicherheit nicht umbringen, nur die Welt aufmerksam machen auf Pelzer und seine Schandtaten. Aber bestrafen wollte er ihn unbedingt, mit einem kurzen kleinen Tod, nämlich dem Schlaf."

„Und woher hatte er diese Medikamente?"

„Vielleicht im Internet besorgt auf deinen Namen? Oder irgendwo in einer Apotheke gestohlen? Wir müssen Konstantin unbedingt klarmachen, dass alles getan wird, um das Andenken seiner Mutter wieder zum Leben zu erwecken. Das könnte auch ihn wieder erwecken aus seiner depressiven Phase."

„Komisch, er hat nie depressiv gewirkt", stellte Henry fest. „Er hat immer nur so lieb und brav gewirkt, und ich dachte sogar, er wäre zufrieden und den Umständen entsprechend glücklich."

Greta nickte. „Ja, da kann man sich täuschen. Die Depressivität ist nicht immer dadurch zu erkennen, dass die Personen weinen oder traurig sind. Manchmal sind sie auch nur still oder apathisch. Es gibt viele Symptome."

Saskias Telefon meldete sich erneut und das kleine Mädchen ließ uns wieder mithören.

„Hallo kleine Schwester", meldete er sich. „Ich habe mir alles überlegt. Ich werde die ganze Stadt jetzt in Schlaf versetzen und allen Betrieb lahmlegen. Und dann möchte ich mich jetzt von euch allen verabschieden."

„Warte bitte Konstantin, wir haben dir etwas zu sagen", antwortete sie. „Es soll von Mama ein Denkmal gebaut werden. Das wird dann mitten in der Stadt aufgestellt, in Sankt Augustine. Ein Denkmal für die berühmte Sportlerin und das Denkmal ist auch für einen tollen Menschen. Außerdem werden ganz viele Zeitungen einen Bericht über sie schreiben."

„Wirklich? Ja, das hätte man längst tun sollen. Aber das ist einfach nicht genug. Hat Papa wirklich der Zeitung gesagt, dass man nichts mehr über Mama schreiben soll?"

Henry nahm Saskia das Telefon ab. „Ganz ehrlich, Konstantin. Mir hat es damals so viel Schmerzen bereitet, wenn man ihren Namen erwähnte, gerade in der Zeitung. Da habe ich dann gebeten, alles erst einmal ruhen zu lassen. Und Pelzer ist wirklich nicht an Mamas Tod schuld. Es war die Verkettung unglücklicher Umstände. Vielleicht hat am ehesten noch der Sportarzt Schuld, der damals nicht gemerkt hat, dass sie so krank war. Weißt du, die Sportler haben selbst immer einen großen Ehrgeiz und fordern sich bis an die Grenzen. Es war wirklich der eigene Wille deiner Mama. Der Sport war ihr Leben, und dazu gehörte für sie auch, dass sie unbedingt siegen wollte. Vielleicht stimmt es, dass Pelzer in seinen

Berichten Druck gemacht hat, aber die Sportler empfinden das oft als Motivation. Komm doch bitte zurück zu uns. Wir finden bestimmt noch etwas anderes, das uns hilft, der Öffentlichkeit ein Zeichen zu setzen, so wie du es dir vorstellst."

„Und woher weiß ich, dass das mit dem Denkmal alles in Ordnung geht?" erkundigte er sich.

Ich bat Henry um das Handy. „Hallo Konstantin! Ich bin die Abigail und wohne bei Moro Rossini im Schloss. Der Künstler ist ein guter Freund von mir und hat vor längerer Zeit schon einmal eine Skulptur hergestellt für Kurti und Mona, deren Andenken auch erhalten bleiben soll. Ich werde dafür sorgen, das verspreche ich dir. Und ich kenne den Bürgermeister Schneider sehr gut, mit ihm habe ich neulich auch gesprochen, als Greta die Renovierungsgelder für ihr historisches

Häuschen benötigte. Ich verspreche dir, dass er Verständnis dafür haben wird. Und ich bin ganz sicher, dass ihm viel daran liegt, dass so eine berühmte Frau wie deine Mutter hier in der Stadt ein ehrendes Andenken erhält. Du musst wissen, dieser Bürgermeister liegt sehr viel Wert auf die historischen Gebäude hier, aber auch auf die menschlichen Werte."

„Aber ich wollte auch hier ein Zeichen setzen, hier in der großen Stadt. Man muss doch die Menschen auf so etwas aufmerksam machen. Wir leben in einer so schlimmen Wettbewerbsgesellschaft. Auch im Sport wird es oft so sehr übertrieben. Da muss doch mal einer Grenzen setzen."

„Das Thema Extremsport ist sicherlich etwas, worüber man diskutieren muss", fand ich. „Ich finde es sehr schön, dass du dir Gedanken machst über die Gesundheit der Menschen. Und man sollte bestimmt etwas lernen aus dem

Tod deiner Mutter und aus dem ganzen Geschehen.

Die Wettbewerbe ganz abschaffen, das wird nicht gehen. Die Menschen kämpfen aus freien Stücken und eine Art von Wettbewerb liegt auch in der Natur des Menschen. Aber ich mache dir einen anderen Vorschlag."

„Ich glaube nicht, dass du einen besseren Vorschlag hast, als diese Stadt in Schlaf zu versetzen. Aber sag es mir ruhig einmal, denn ich habe das Gefühl, dass du mich auch ein bisschen verstehst."

„Natürlich verstehe ich dich, sehr gut sogar. Und ich weiß nicht, was ich getan hätte, wenn so etwas mit meiner Mutter passiert wäre. Ich denke, wenn viele Zeitungen über deine Mutter schreiben, kann man es auch überallhin verbreiten, was man den Menschen sagen möchte, was du sagen möchtest. Ich bin Journalistin und schreibe für Kunstzeitungen, aber ich kann mit dir gemeinsam einen Artikel verfassen über deine Mutter, in dem soll dann alles stehen, was die Welt von ihr wissen soll. Nicht nur Frankfurt, die ganze Welt."

„Ich will aber auch, dass die Welt innehalten soll, sich einmal nicht mehr dreht. Dass es einmal aufhört in diesem Getriebe. Das Rad soll einmal ganz still stehen, so stillstehen, wie in mir meine Gefühle. Deswegen sollen sie einmal nur schlafen hier."

„Es ist bisher noch nichts Schlimmes passiert, Konstantin. Bisher sind alle Menschen wieder gesund geworden, denen du ein Schlafmittel verabreicht hast. Wenn du aber ganz Frankfurt in Schlaf versetzt, dann könnten Menschen von ihren Maschinen verletzt werden, die Treppen herunterfallen oder mit dem Auto verunglücken, wenn sie plötzlich einschlafen. Dann wird es viele Verletzte und Tote geben. Ich habe eine andere Idee, wie du es anstellen kannst, das Getriebe einer Stadt für einen kurzen Moment stillstehen zu lassen, vielleicht sogar für einen ganzen Tag lang."

„Und wie willst du das machen ohne Schlafmittel?" fragte er ungläubig.

„Ich werde mit dem Bürgermeister sprechen, dass die Stadt Sankt Augustine einen ganzen Tag lang und eine ganze Nacht lang ruht, so, als ob sie schliefe. Keiner wird arbeiten und keiner wird aus dem Haus gehen. Keiner wird zum Sport und keiner zum Tanzen gehen. Und zwar nicht an einem Samstag oder Sonntag, sondern an einem Tag mitten in der Woche. Wir verteilen Blätter in die Haushalte von Sankt Augustine, mit einem Bild deiner Mutter und ihrer ganzen Biografie. Da kann dann jeder mit dir um deine Mutter trauern und ihr Andenken ehren. Was hältst du davon, Konstantin?"

„Und das würde der Bürgermeister wirklich machen?"

„Ich verspreche es dir. Wenn du willst, kann ich den Bürgermeister auch später hier ans Telefon holen, damit er dir die ganze Angelegenheit bestätigt."

„Gut, ich überlege es mir. Während ihr den Bürgermeister holt, in der Zeit überlege ich es mir. Ich rufe in einer Stunde noch einmal an."

***

Als er aufgelegt hatte, wurde es hektisch bei uns. Während ich mit dem Bürgermeister telefonierte und ihn aufklärte, wandte sich Henry noch einmal an die Polizei und fragte, ob man seinen Sohn in Frankfurt ausfindig machen könnte.

Während mir Herr Schneider versprach, umgehend vorbeizukommen, hatte Konstantins Vater weniger Glück. Die Beamten sahen sich noch nicht imstande, den Aufenthaltsort des Sohnes in absehbarer Zeit herauszufinden.

„Es kann nicht schaden zu beten", schlug Greta vor. „Auch wenn wir hier alles Menschenmögliche versuchen, brauchen wir doch noch die Hilfe des Himmels, damit alles zu einem guten Ende kommt."

Saskia sah die junge Frau zweifelnd an. „Meinst du, das hilft?"

„Ich weiß zwar nicht, wie es funktioniert, aber bei mir hat es bisher jedes Mal geholfen."

Das kleine Mädchen stellte sich ans Fenster, faltete die Hände, blickte in den Himmel und blieb ein Weilchen stumm.

Als sie sich zu uns umdrehte, meinte sie: „Ich habe gebetet, dass Konstantin kein dummes Zeug macht. War das gut so?"

Greta nickte. „Besser hättest du es nicht sagen können. Und wir wollen alle hoffen, dass dein Gebet erhört wird."

Die Zeit des Wartens kam uns vor wie eine Ewigkeit. Etwa eine Viertelstunde später führte Frau Bühler den Bürgermeister zu uns herein, der sich noch einmal alles genauestens erklären ließ.

„Ich habe inzwischen schon mit den Stadträten telefoniert. Für diesen Fall haben sie mir alle eine Generalvollmacht erteilt. Schließlich geht es wirklich um Leben und Tod. Eine Skulptur für Eva ist gar kein Problem. Und selbst wenn sich Moro Rossini aufgrund seines Alters nicht mehr in der Lage sieht, sie anzufertigen, dann bleibt uns immer noch Teresa aus Catania, die dazu bestimmt nicht Nein sagen wird. Die Artikel in der Zeitung werden uns auch keine Schwierigkeiten machen. Wir haben genug Journalisten, und du, Abigail, kannst noch eine besondere, bebilderte Biografie als Sonderedition anfertigen. Wir können auch diesen Tag des Schlafes oder der Ruhe mit einem Festakt zum Gedächtnis beginnen oder beenden. Natürlich können wir den Bürgern von Sankt Augustine diesen Ruhetag nicht befehlen, aber wir können ihn ihnen ans Herz legen."

„Sicher werden sie alle mitmachen", vermutete Greta. „Natürlich wird man nicht nachkontrollieren können, ob jeder wirklich in seinem Häuschen den Tag im Stillen verbringt, aber immerhin wird über den Straßen der Stadt eine stille Atmosphäre liegen, die sehr pietätvoll wirken kann."

„Dann wollen wir noch hoffen, dass sich Konstantin damit zufrieden gibt. Es ist gar nicht auszudenken, was alles noch passieren kann, wenn er tatsächlich ein Schlafmittel verwendet", meinte Herr Schneider mit einem besorgten Gesicht."

Henry überlegte. „Er hat gar keinen Koffer mitgenommen. Wie hatte er dann das Medikament transportiert? Ich werde irgendwie nicht ganz schlau daraus. Ganz abgesehen davon, dass es mir immer noch ein Rätsel ist, wie er an dieses Zeug gekommen ist."

„Gelegenheit für Heimlichkeiten hatte er bestimmt, Henry", vermutete Greta. Er geht jeden Tag nach Wittentine in die Ganztagsschule, in das Tagesinternat. Wer weiß, wie viele Tage er dort gar nicht aufgetaucht ist und alles in Ruhe vorbereitet hat. Du hast einen cleveren Sohn, vermutlich hat er sich dort irgendein Schließfach geholt und da alles aufbewahrt, was er für seinen Plan brauchte."

Henry zuckte zusammen. „Jetzt ist es mir gerade siedend heiß eingefallen. Ich glaube, ich weiß, wie Konstantin das alles bewerkstelligt hat. Es existiert ja noch alles von Eva, da sind noch ihre Ausweise vom Sport, es gibt noch etliche Papiere von ihr, die ich nicht wegwerfen konnte. Damit könnte er schon einiges gedreht haben, eventuell sogar einen Einkauf im Darknet, wer weiß? Oder in einem anderen dunklen Milieu der Großstadt."

„Vielleicht ist er auch schon einmal mit dem Zug zwischendurch nach Frankfurt gefahren", überlegte Greta. „Dort gibt es auch schon ganz viele dunkle Ecken. Und dadurch, dass er ziemlich groß ist, könnte man ihn auch für älter als vierzehn halten. Er wirkt doch ziemlich erwachsen. Wo er jetzt wohl sein mag?"

„Die Polizei hat auf jeden Fall schon einmal beim Wasserwerk und an einigen Brunnen nachgesehen", berichtete Henry. „Sie haben einige Orte kontrolliert, an denen sich große Zuleitungen befinden."

Je mehr Zeit verging, desto langsamer schien sie voranzuschreiten. Die letzten zehn Minuten bis zur vollen Stunde zogen sich wie eine Ewigkeit. Ob er wohl anrufen würde?

Greta räusperte sich. „Wir sind jetzt bisher davon ausgegangen, dass er alles allein gemacht hat. Aber was ist, wenn er einen Helfer hatte?"

„An wen hast du gedacht?" fragte ich erstaunt.

„An Alexander Frisch. Er ist doch auch ziemlich sauer auf Herrn Pelzer. Vielleicht hat er dem Jungen geholfen. Er hat natürlich auch noch ganz andere Möglichkeiten, an solch ein

Medikament zu kommen. Das müssen wir unbedingt herausfinden."

Gebannt starrten wir alle auf Saskias Handy, es sah so aus, als versuchten wir es mit unseren Blicken zu hypnotisieren.

Als die Stunde vorüber war, sahen wir uns verzweifelt an. Unsere Blicke sprachen Bände. Ob er jetzt schon irgendetwas unternommen hatte. Ich entschloss mich zu einem kurzen stillen Stoßgebet, in dem ich hoffte, dass ihm selbst nichts zugestoßen war.

Endlich hörten wir den erwarteten Klingelton. Saskia nahm den Anruf entgegen und ließ uns erneut mithören. „Hallo Schwesterchen", hörten wir die Stimme des Jungen. „Ist die Sache nun in trockenen Tüchern? Ist der Bürgermeister da?"

Das Mädchen reichte Herrn Schneider das Handy. „Ja, Konstantin. Wir sind hier, und wir haben auch alles schon in die Wege geleitet.

Die ersten Vorbereitungen laufen schon. Deiner Mutter sollen alle Ehrungen zuteil werden, sowohl mit einer Skulptur, als auch mit aufklärenden Zeitungsartikeln. Sankt Augustine und alle sollen erfahren, was für eine große Sportlerin deine Mutter war. Es tut uns allen so leid, dass da so Vieles schief gelaufen ist. Ich habe auch schon mit den Stadträten gesprochen, die mit einem Tag der Ruhe in Sankt Augustine einverstanden sind. Einem Tag, den man auch mit einem Festakt verbinden kann, die Stadt wird einen Tag lang schlafen, das verspreche ich dir."

„Ich möchte meinen Vater sprechen", bat Konstantin.

Henry übernahm das Telefon. „Ist das so gut, mein Junge? Bist du so einverstanden?"

„Das geht so in Ordnung, Papa. Aber was ist jetzt mit mir? Ich habe doch jetzt kein Zuhause mehr."

Henry's Augen wurden feucht. „Dein Zuhause ist immer hier, Konstantin. Du fehlst uns sehr. Deine Schwester und ich, wir lieben dich und haben uns große Sorgen um dich gemacht. Ich verspreche dir, dass wir alles wieder in Ordnung bringen. Ich werde dir bei allem helfen. Kann ich dich irgendwo abholen?"

„Und es geht für mich wirklich irgendwie weiter?" fragte er zaghaft.

„Natürlich, Konstantin. Wir schaffen das, gemeinsam kriegen wir das hin. Es wird alles sein wie vorher, nur besser, weil wir in Zukunft noch mehr miteinander reden werden, auch über solche Dinge, die wir bis jetzt immer tabuisiert haben."

„In Ordnung, Papa. Ich bin in Frankfurt am Main Tower. Und zwar im Restaurant im 53. Stockwerk. Es hat genau bis 0:00 Uhr heute Nacht geöffnet, wirst du das bis dahin schaffen?"

„Ich fahre sofort los. Soll ich inzwischen jemanden zu dir schicken, der dir Gesellschaft leistet? Ich kann einen alten Schulfreund anrufen, der wohnt mit seiner Familie am Rand von Frankfurt. Der könnte dir Gesellschaft leisten bis ich komme."

„Nicht nötig, Papa. Ich habe jetzt viel, über das ich nachdenken muss. Und ich würde mir auch schon gern etwas ausdenken, was über Mama in der Zeitung stehen soll. Ich habe Papier und Schreibzeug dabei. Es ist mir wichtig, dass wir etwas Gutes aufschreiben."

„Du kannst immer noch anrufen, wenn du etwas oder jemanden brauchst", schlug ihm sein Vater vor. „Ich werde jetzt ganz schnell losfahren, deswegen gebe ich das Telefon jetzt an Saskia weiter. Bis später, mein Sohn!"

Er reichte seiner Tochter das Handy. „Hier, Kleines! Vielleicht magst du mit deinem Bruder noch ein bisschen telefonieren." Er wandte sich an Greta und mich. „Erst einmal Dank von Herzen! Ich will euch jetzt nicht länger in Anspruch nehmen, und auch Ihnen, Herr Bürgermeister ganz herzlichen Dank! Ich fahre jetzt sofort los."

„Es ist nicht gut, wenn du jetzt allein fährst", fand Greta. „Darf ich mitkommen?"

„Du würdest mir einen riesigen Gefallen tun, und ich fürchte, ich werde dich demnächst auch noch um vieles bitten, um deine professionelle Hilfe für Konstantin."

„Ich bleibe hier inzwischen mit Frau Bühler bei Saskia", versprach ich den beiden. „Wir werden für Konstantin ein schönes Willkommen bereiten."

Greta und Henry eilten aus dem Zimmer, Herr Schneider verabschiedete sich ebenfalls und Frau Bühler ging in die Küche, um einen Kuchen zu backen.

„Er klingt so traurig", fand Saskia, als sie das Telefon zur Seite legte. „Er hat mir auch nie etwas davon verraten. Sonst haben wir doch immer über alles gesprochen. Warum hat er mir nichts gesagt, Abigail?"

„Möglicherweise wollte er nicht, dass du auch so traurig bist, wie er es war. Aber er wusste auch, dass du noch sehr klein warst, als eure Mutter gestorben ist. Vielleicht wollte er Rücksicht nehmen auf dich. Und dann, du kanntest sie kaum und hast diesen Verlust nicht so erlebt wie er. Vermutlich dachte er da, dass du ihn in diesem Fall auch nicht verstehen könntest."

„Na gut, dann will ich ihm auch verzeihen. Papa wird ihm ja auch all das Dumme verzeihen, was er getan hat. Kommt er denn jetzt dafür ins Gefängnis?"

„Nein, ganz bestimmt nicht. Er ist ja noch nicht erwachsen, und das, was er getan hat, ist passiert, weil er ein Trauma nicht verarbeitet hat, den schlimmen Verlust deiner Mutter, deren Tod sehr tragisch war. Aber Greta ist eine Psychotherapeutin, ich denke, sie schafft es, dass Konstantin wieder ganz gesund wird."

„Ich dachte, sie arbeitet nur mit Menschen, die im Gefängnis waren."

„Nein, nicht nur. Sie hat auch private Patienten."

Saskia lächelte. „Meinst du, dass Papa und Greta heiraten? Sie wäre eine tolle Mutter und könnte dann Konstantin immer helfen. Und wenn es ihr zu viel wird, dann kann sie ja in ihrem Häuschen an der Vinigrette Urlaub machen."

Frau Bühler brachte einen kleinen Imbiss. „Jetzt müsst ihr euch aber etwas stärken, denn vor morgen Früh werden die Drei wohl nicht zurück sein. Vielleicht nehmen sie sich auch dort ein Hotelzimmer, das wäre wohl das Klügste."

„Kannst du heute Nacht hier schlafen?" erkundigte sich Saskia.

„Natürlich", versprach ich ihr. „Ich muss nur Ermanno noch Bescheid sagen, damit er sich keine Sorgen um mich macht."

Als ich ihn anrief, teilte er mir mit, dass es bei ihm auch sehr spät werden würde, weil ein befreundeter Kollege gerade aus der Wohnung seiner Freundin auszöge. „Ich habe ihm in Aussicht gestellt, ihm dabei zu helfen. Ist dir das Recht?"

„Natürlich, Ermanno!! Ich bin froh, dass du nicht auf mich warten musst. Vielleicht sehen wir uns morgen zum Frühstück."

„Und denke daran, dass ich dich liebe", raunte er mir ins Ohr, bevor wir beide das Gespräch beendeten.

Was würde Greta dazu sagen? Diese Worte sind wie ein Strauß Blumen. Und einen Strauß Blumen verschenken viele Männer, wenn sie ein schlechtes Gewissen haben. Wer weiß, ob es diesen Freund überhaupt gab, geschweige denn seinen Umzug. Vielleicht lud er seine Assistentin Hanna zum Abendessen ein? Vielleicht lud sie ihn auch in ihre kleine Wohnung ein? „Nein, so etwas darf ich nicht denken!" schimpfte ich mit mir.

Ich konnte Ermanno vertrauen, und ich wollte ihm vertrauen. Sicherlich spielten mir nur meine gestressten Nerven einen Streich. Morgen, bei Tageslicht würde alles wieder viel freundlicher aussehen.

Nachdem Saskia und ich den Imbiss ohne großen Appetit verzehrt hatten, bereiteten wir für Konstantin einen Empfang vor. Wir bastelten eine große Girlande und eine Menge von Papierblumen, mit denen wir sein Zimmer und den Hauseingang schmückten.

Frau Bühler hatte mir Bettzeug auf die Couch in Saskias Zimmer gelegt, und als das Mädchen müde wurde, zogen wir uns dorthin zurück. Nach einer Märchengeschichte, die ich zum Einschlafen vorlas, fielen der Kleinen bald die Augen zu.

Etwas später meldete sich mein Handy. Es war Irene, deren Stimme aufgeregt klang. „Hallo Abigail. Ich habe heute Giorgio mit einer hübschen Frau gesehen. Weißt du, ob das seine Frau ist?"

Jetzt konnte ich nicht mehr länger lügen „Ja, sie ist seit kurzem mit ihm verheiratet. Sie sind im Moment bei Moro und Adelaide im Schloss zu Besuch. Tut es sehr weh?"

„Ein bisschen schon. So ist das eben mit der Liebe. Aber ich glaube, ich werde es bald überwinden, mein Klavierlehrer Philippe ist ein sehr charmanter Mann. Ich glaube, ich habe mich ein bisschen in ihn verguckt."

„Das ist schön für dich", freute ich mich. „Wie gut, dass du nicht nur Italienischlehrerin bist, sondern in der Schule auch französisch unterrichtest!"

Se lachte. „Oh, er ist sehr französisch. Und wir unterhalten uns auch viel in dieser Sprache, die auch sehr elegant ist. Er hat mir vorgeschlagen, einmal mit ihm in seine Heimatstadt zu fahren, einem hübschen kleinen Ort an der Loire. Was hältst du davon?"

„Eine gute Idee. Man soll reisen, solange man es noch kann. Das siehst du ja am guten Beispiel von Moro und Ada. Gut wenigstens, dass sie früher gereist sind, da haben sie schöne Erinnerungen. Und was macht das Klavierspiel?"

„Das macht Fortschritte. Ich bin auch sehr ehrgeizig, denn ich möchte, dass ich mich nicht vor Philippe blamiere. Wir haben sehr viel Freude daran."

„Fein", freute ich mich. „Dann wünsche ich dir jetzt eine gute Nacht. Wir sehen uns bestimmt in den nächsten Tagen."

Was für ein Glück für Irene, dass dieser Monsieur Jasmin aufgetaucht war, so konnte sie den Abschied von Giorgio besser verwinden.

Meine Gedanken wanderten zurück zu Konstantin. Da gab es sicherlich noch viel, was er zu erzählen und zu klären hatte.

Kurz vor Mitternacht meldete sich Greta. „Wir sind jetzt angekommen, Abigail. Henry ist jetzt bei Konstantin, und ich lasse die beiden erst einmal allein. Der Junge tut mir wirklich sehr leid, was muss er durchgemacht haben, als er den ganzen Kummer mit sich allein herumgetragen hat. Aber ich finde es auch alles sehr tragisch und sehr dramatisch, und auch mich hat es zum Nachdenken gebracht. Man bekommt ein ganz anderes Verhältnis zu den Wettkämpfen dieses Sportes. Ich denke, es wäre nicht schlecht, wenn jeder Extremsportler auch einen eigenen Psychotherapeuten hätte, nicht nur einen Arzt für den Körper. Da gibt es bestimmt auch noch viel, wo man etwas verbessern kann."

„Ganz bestimmt. Bleibt ihr dort in einem Hotel?"

„Nein. Konstantin möchte ganz schnell wieder nach Hause. Henry findet auch, dass es gut ist, wenn er in seinem eigenen Bett schläft und nicht allein in einem fremden Hotelbett. Wir werden dann morgen zum Frühstück wieder da sein. Bleibst du solange?"

„Das kommt darauf an, wann ihr wieder zurück seid, bis dahin warte ich auf jeden Fall. Ich werde lieber mit Ermanno frühstücken, wenn es zu spät wird. Du kannst dich gern vorher dann melden und mir Bescheid geben. Ich glaube, du hast Henry und den Kindern sehr geholfen. Sie werden dir ewig dankbar sein."

„Komisch, Abigail! Jetzt habe ich erst gemerkt, wie wichtig mir diese Familie ist. Die Kinder sind mir in der kurzen Zeit so sehr ans Herz gewachsen, und Henry, er ist wirklich ein Mann wie aus einem Bilderbuch. Wenn ich ihn jemals verlasse, dann ist mir nicht mehr zu helfen."

Ich lachte. „Ich freue mich für dich, Greta. Sehr sogar! Liebe Grüße und eine gute Heimfahrt für euch Drei."

***

Der Kaffeeduft weckte mich am anderen Morgen nach wenigen Stunden Schlaf. Ich begab mich kurz ins Badezimmer und suchte dann Frau Bühler in der Küche auf, aus der der aromatische Duft drang.

„Henry hat eben angerufen", teilte sie mir mit. „Greta und Konstantin haben wohl im Auto geschlafen. Sie werden gleich hier sein, deswegen habe ich auch schon den Frühstückstisch gedeckt. Für Sie natürlich auch, Abigail."

„Nur eine Tasse Kaffee bitte", antwortete ich, während mein Blick die liebevoll angerichteten Aufschnittplatten streifte. „Ich möchte gern mit meinem Verlobten im Schloss frühstücken."

„Oh ja, das kann ich verstehen. Können Sie sich vorstellen, wie froh ich bin, dass Konstantin nichts passiert ist? Und auch das andere, das, was er vorhatte! Du liebe Zeit, was hätte da alles passieren können!"

Ich nickte. „Es ist alles ziemlich glimpflich abgegangen. Jetzt wünsche ich dem Jungen nur, dass Greta ihm auch in Zukunft gut helfen kann, damit er bald von den alten Schrecken befreit wird."

Wir hörten eine Autotür und Stimmen, und wenige Augenblicke später traten Henry, Greta und Konstantin zu uns. Nach der herzlichen Begrüßungsszene verabschiedete ich mich von den Anwesenden.

Greta brachte mich zur Tür. „Kommst du nachher einmal zu mir ins Blumenviertel? Ich bin heute Morgen dort und arbeite mit den Handwerkern ein bisschen weiter."

„Du bleibst nicht hier?" fragte ich verwundert.

„Den Vormittag über lasse ich die Familie allein, das ist besser so. Dann können sie erst einmal zu Dritt ganz in Ruhe reden. Für den Nachmittag haben wir uns dann schon verabredet. Es muss ja nicht alles überstürzt werden. Wir haben ja nun Zeit, und Zeit werden wir auch für alles brauchen, um alle Wunden heilen zu lassen."

„Ich komme auf jeden Fall nachher vorbei", versprach ich ihr. „Erst muss ich noch im Schloss nach dem Rechten sehen und mit Ermanno frühstücken."

„Vielen Dank für alles, Abigail, und ich wünsche euch guten Appetit." Sie winkte mir noch eine Weile hinterher.

Als ich am Schloss ankam, fuhr ein Auto vor, das ich gut kannte. Ermanno saß darin, stieg aus, eilte auf mich zu und umarmte mich. „Guten Morgen. Amore!" sagte er liebevoll. „Ist alles in Ordnung?"

„Ich erzähle dir alles gleich beim Frühstück. Hast du vielleicht schon frische Brötchen vom Bäcker geholt?"

„Nein, die holt jeden Morgen schon Bernhard, wenn er seine erste Runde joggt. Ich habe heute bei meinem Kollegen Wilfried geschlafen, dem ich beim Umzug geholfen habe. Nachdem ihn seine Frau hinausgeworfen hat, war er so allein in dem Zimmerchcn. Es war sowieso schon sehr spät, und ich habe ihn ein bisschen getröstet."

Wie sagte schon ein alter Dichter: Zwei Seelen schlummern, ach, in meiner Brust? Oder so ähnlich. In mir gab es tatsächlich zwei Personen, die sich nicht nur miteinander unterhalten, sondern auch diskutieren oder streiten konnten. Eine Stimme sagte zu mir: „Wie nett, dass er seinem Kollegen geholfen hat!" Aber die andere Stimme, die mit dem gehässigen Tonfall, die quälte in aufsässiger Weise: „Vielleicht ist er auch bei Hanna gewesen und hat sie getröstet. Selber schuld. Warum hast du dich nicht besser um ihn gekümmert? Sind dir andere immer wichtiger als dein Verlobter?"

Glücklicherweise wusste die andere Stimme eine Antwort. „Solch ein Unsinn! Ermanno hat dir erst vor kurzem einen Heiratsantrag gemacht. Niemand hat ihn dazu gezwungen. Er hat sich für dich entschieden und nicht für eine seiner vielen Studentinnen oder für eine neue Assistentin. Das hätte er doch einfacher haben können."

Diese zweite Stimme gefiel mir viel besser, und ich lobte sie. „Er ist kein Giorgio, er muss nicht an jeder Ecke eine haben. In unserer Beziehung gibt es Vertrauen."

Adelaide wartete ebenfalls schon mit duftendem Kaffee auf uns in der Schlossküche. Dort erzählte ich ihr, Moro, Carla, Bernhard und meinem Verlobten die Geschehnisse des gestrigen Tages in allen Einzelheiten.

Mit diesem Fortgang der Geschichte hatte niemand gerechnet, und während wir uns mit Croissants und Cappuccino verwöhnten, gab es immer wieder ein „Oh" und „Ach", das meine Erzählung begleitete.

„Heute Abend komme ich früh", versprach Ermanno, als er sich von mir verabschicdcte, um zur Universität zu fahren, und ich zeigte ihm ein schwaches Lächeln, während sich meine Augenbrauen nach oben verschoben. „Ich hoffe, ich auch. Wenn nicht wieder mal etwas dazwischenkommt."

Er verabschiedete sich mit einem zärtlichen Kuss, der mir seine Unschuld zu bestätigen schien. Den weiteren Abschied hielten wir wie immer kurz, um es uns nicht unnötig schwer zu machen.

Nach einer ausgiebigen Dusche spazierte ich zum Blumenviertel, um Greta wie versprochen aufzusuchen. Ein sanfter Regen begleitete mich durch die dankbar duftende Natur.

Kurz hinter der Schranke, die heute von einem unbekannten Beamten bewacht wurde, entdeckte ich in einem der trockengelegten Sümpfe eine dunkle Gestalt, die sich auf dem Boden hockend, etwas zu schaffen machte. Die Person hatte eine schwarze Kapuzenjacke an und bewegte emsig die Arme.

Ob das wohl wieder einmal ein Goldsucher war? Da ich am frühen Morgen keine Lust auf eine unangenehme Konfrontation hatte, ging ich in einem großen Bogen an der Gestalt vorbei, benachrichtigte aber kurz Niklas, damit er Bens Mitarbeiter an der Schranke informieren konnte.

Greta erwartete mich schon vor dem Häuschen. „Schön, dass du kommst. Ich muss mit dir heute unbedingt einige Gedanken teilen. Meinst du, dass ich gestern zu emotional war? Meinst du, dass einfach mein Helfersyndrom mit mir durchgegangen ist? Heute, nachdem sich alles etwas beruhigt hat, fühle ich mich gar nicht mehr so sicher."

„Was meinst du denn damit? Meinst du jetzt die Sache mit Henry oder deine Arbeit mit Konstantin?"

„Oh nein, das mit Konstantin, das geht schon in Ordnung. Ich freue mich sehr, dass er sich von mir helfen lassen will. Er hatte die ganze Sache tatsächlich allein ausgeheckt, stell dir das vor. Die Medikamente hat er gestohlen und zwar aus dem Auto von Igor, der sich zu dieser Zeit bei Nathalie in der Apotheke aufgehalten hatte. Auch den Goldsuchern hat er das Medikament verpasst. Aber die Sache mit Frankfurt, die hat er nur erfunden."

Ich sah sie verständnislos an. „Was hat er erfunden?"

„Er hatte keine Medikamente mit nach Frankfurt genommen. Er konnte dort gar nichts anrichten, zum Glück. Aber ich bin mir noch nicht ganz sicher, ob er vorhatte, zu seiner Familie zurückzukehren."

„Also hätte er dort in Frankreich gar niemanden in Schlaf versetzen können? Er konnte dort nichts anrichten?"

„Richtig, Abigail. Das Medikament, das er aus dem Auto gestohlen hat, war schon aufgebraucht. Für Ron Pelzer hat er ziemlich viel benutzt. Umbringen wollte er niemanden, nur eben die Zeit zum Stillstand bringen. Das betont er immer wieder. Wahrscheinlich ist für ihn die Zeit stehen geblieben, als seine Mutter auf so tragische Weise starb. Du glaubst gar nicht, wie froh ich bin, dass er so einen guten Draht zu mir hat!"

„Also geht es bei deinen Emotionen um Henry. Du liebst ihn also nicht. Aber du hast doch Gefühle für ihn, oder?"

„Natürlich. Ziemlich starke sogar. Aber langsam traue ich meinen eigenen Gefühlen nicht mehr, weil ich mich immer so oft und so heftig verliebt habe. Was soll ich nur tun? Soll ich diesmal meinen Gefühlen trauen?"

„Gib euch eine Chance!" schlug ich ihr vor. „Gib deinen Gefühlen eine Chance. Ihr habt es beide verdient."

Sie atmete tief und befreit auf. „Du sprichst mir aus der Seele. Aber welche dunkle Gestalt kommt denn da auf uns zu?" Sie zeigte auf die Person mit der schwarzen Kapuzenjacke, die mir zuvor im Wald aufgefallen war.

Beim Näherkommen entdeckten wir, dass es sich um Alexander handelte, der uns aufgeregt entgegenkam.

Er reichte Greta einen kleinen goldenen Löffel. „Hier! Und die Römer waren doch hier. Den habe ich eben im Graben gefunden. Er gehört dir. Erlaubst du mir jetzt, hier weiter zu suchen?"

„Der Bürgermeister hat es verboten", teilte ihm die junge Frau mit. „Du kannst Rossini diesen

Löffel geben, der bewahrt diese Dinge im Schlossmuseum auf."

„Ich grabe nicht auf dem Grundstück des Naturschutzgebietes. Ich möchte nur auf deinem Grundstück hier graben. Hier müssen bestimmt noch mehr Funde sein."

„Da muss ich dich enttäuschen, Alexander. Mir gehört nur das Häuschen, das Grundstück wird mir erst gehören, wenn ich zu 100 Prozent nachweisen kann, dass ich wirklich eine Nachfahrin von dieser Melusine aus dem Mittelalter bin. Also kann ich dir nicht erlauben, hier zu graben."

„Ich könnte dir jetzt etwas bei der Arbeit im Häuschen helfen", schlug er vor.

Greta schüttelte den Kopf. „Nein. Ich möchte hier die Arbeiter nicht beleidigen, die mir der Architekt Müller geschickt hat. Einer arbeitet gerade im Badezimmer, und einer arbeitet hinter dem Häuschen am Abflussrohr. Das ist genug."

Alexander warf ihr einen bösen Blick zu. „Du willst nicht, dass ich dir helfe, stimmt es? Du willst mich loswerden, gib es doch zu!"

„Unsinn!" widersprach die junge Frau. „Aber es gibt jetzt wirklich nichts, wobei du mir helfen kannst. Ich kann jetzt nicht irgendeine Arbeit für dich erfinden, nur weil es dir langweilig ist."

Sein Blick wurde hart. „Du kannst mir nichts vormachen. Du hast dich in diesen reichen Architekten verliebt, weil er so ein angesehener Mann in dieser Stadt ist. Da kann ich natürlich nicht mithalten. Aber du wirst schon sehen, was du davon hast!"

Er wandte sich ab und stapfte mit großen Schritten davon, ohne sich noch einmal umzudrehen.

„Du solltest hier nicht mehr allein arbeiten", warnte ich sie. „Den goldenen Löffel hat er sicher von seiner Großmutter geerbt. Ich glaube nicht, dass die alten Römer hier mit goldenen Löffeln gegessen haben. Ich bleibe jetzt erst mal bei dir und helfe dir ein bisschen. Die körperliche Arbeit wird uns jetzt gut tun. Und dann bringe ich dich nachher zu Henry. Er soll dich hier nicht mehr allein arbeiten lassen, das musst du ihm unbedingt sagen. Ich traue diesem Alexander nicht, ich habe kein gutes Gefühl, wenn ich an dich und ihn denke. Ehrlich gesagt, habe ich sogar das Gefühl, dass er wieder rückfällig geworden ist in seiner Krankheit."

Ich erzählte ihr das besondere Erlebnis aus seiner Jugendzeit, dass er mir anvertraut hatte, von damals, als man ihn auch mit diesen K.O.-Tropfen betäubt hatte. „Ich glaube, da sind noch eine Menge Traumata bei ihm."

Se nickte und dachte kurz nach. „Ich werde ihn an eine Kollegin abgeben. Ja, er muss sich wieder behandeln lassen."

Den Vormittag über schliffen wir einige alte Möbel ab, und bis in den Nachmittag hinein lackierten wir sie mit Hingabe.

Nachdem wir uns mit Wasser und Orangensaft erfrischt hatten, traten wir den Rückweg nach Sankt Augustine an.

Ich brachte Greta bis zu der freundlichen Villa der Familie Müller und nahm ihr noch einmal das Versprechen ab, sich nicht ohne Begleitung zu ihrem Häuschen zu begeben.

Etwas abgeschlagen machte ich mich auf den Weg zum Schloss.

Die körperliche Arbeit, die ich in dem Maße nicht gewohnt war, hatte zur Folge, dass ich nicht nur Muskelkater, sondern auch müde Glieder bekam.

In unserer kleinen Dachwohnung, unter dessen Vorsprung momentan einige Vögel nisteten und mich mit ihrem Spektakel begrüßten und erfreuten, nahm ich sofort ein ausgiebiges Bad, das mich für die anstrengende Arbeit belohnte.

Kurz nachdem ich mir ein buntes Frühlingskleid angezogen hatte, erschien Carla an der Wohnungstür und rief mich zum gemeinsamen Kaffeetrinken auf die Terrasse.

„Der Regen hat nachgelassen. Es ist einfach zu schön draußen, ich locke alle Stubenhocker ins Freie."

Zum Kaffeetrinken erschienen auch Jasmin und Niklas und Clemens und Maria, die selbstgebackenen Kuchen mitbrachten. Nach der Aufregung der vergangenen Tage gestaltete sich das Zusammensein zu einem angeregten Plauderstündchen.

Niklas berichtete, dass sich nun auch Igor verantworten müsse, weil er seinen

Dienstwagen unverschlossen und unbeaufsichtigt neben der Apotheke geparkt hatte. Dies schien kein Einzelfall gewesen zu sein, denn Konstantin hatte bei seinem ersten Gespräch mit dem Kommissar berichtet, dass er nach der Schule häufig an der Apotheke vorbeigegangen sei und ihn die offene Autotür erst auf den Gedanken gebracht habe, dort Medikamente zu entwenden. „Der Junge hatte auch schon bei seiner Tat im Gemeindezentrum mit der Betäubung des Tanzclubs ein Zeichen setzen wolle. Er hasst im Augenblick jeden Wettbewerb, der gesundheitliche Schäden verursachen kann", endete der Kommissar seinen Bericht.

Nach dem Kaffee führte mich Maria kurz beiseite. „Ich muss dir doch unbedingt erzählen, wie es mit uns weiter gegangen ist, Abigail. Schließlich bist du meine einzige Vertraute. Und die einzige, die nicht dauernd unkt, dass es auf Dauer doch nicht gut mit uns geht, mit diesem riesigen Altersunterschied. Ja, ich habe inzwischen auch schon bemerkt, dass es durchaus Probleme gibt in unserer Beziehung. Und auch, weil eine ganze Generation zwischen uns liegt. Aber ich sage dir auch, wir beide wissen das, Clemens und ich. Und wir wollen einfach für unsere Liebe kämpfen und versuchen, diese Probleme zu lösen. Was sagst du dazu, Abigail?"

„Das ist genau die richtige Einstellung, Maria. Man muss nämlich für jede Beziehung kämpfen, und in jeder Beziehung arbeiten. Und jede hat eben ihre eigenen Probleme. Ich nehme mir immer Moro und Adelaide zum Vorbild, sie hatten wahrhaftig immer wieder große Probleme, die ihre Beziehung zu zerstören drohten oder sie auch verhindert haben. Aber sie haben nicht aufgegeben und ich sehe jeden Tag, dass sie über jede Minute glücklich sind, die sie noch miteinander verbringen dürfen. Es lohnt sich wirklich, Maria! Es lohnt sich."

Wenig später gesellte sich auch Ermanno zu uns. Adelaide und Carla fanden, dass wir nach so vielen Tagen der Arbeit und Recherchen ein bisschen Ruhe verdient hatten und luden die ganze Gesellschaft, einschließlich der Kunststudenten aus dem Seitentrakt zu einem kleinen Grillfest in den Garten ein, das rasch improvisiert wurde.

Beim gemütlichen Miteinander entspannten wir uns alle, und hatten für den Moment die schlimmen Tage fast vergessen, als der Bürgermeister auftauchte und uns etwas verkündete, das die meisten Bürger der Stadt wohl schon aus den Nachrichten von Radio und Fernsehen wussten: Der Ruhetag zum Gedenken an die verstorbene Frau des Architekten Müller wurde den Bürgern von Sankt Augustine für den morgigen Tag ans

Herz gelegt. Zum Abschluss sollte es dann am Abend ein kleines Gedenkkonzert mit einer Gedenkrede für Eva Werner geben.

„Natürlich können wir niemanden zwingen, da auch mitzumachen", räumte Herr Schneider ein. „Aber wir haben schon viele positive Antworten bekommen. Einige Bürger der Stadt können sich noch gut an die berühmte Sportlerin erinnern und wollen sogar einen Spendenfond gründen."

„Wird Konstantin auch kommen?" erkundigte sich Carla.

„Das ist noch nicht gewiss. Greta hat mir versichert, dass man auf den Jungen Rücksicht nehmen muss, damit seine Seele keinen weiteren Schaden nimmt. Vielleicht bleibt er mit seiner Familie auch morgen zu Hause. Das werden wir alle respektieren. Aber dafür kann ich euch mitteilen, dass mir vorhin Teresa zugesagt hat, eine Skulptur von Frau Müller-

Werner anzufertigen. Moro will ein Video anfertigen, um auch im Internet der Sportlerin Ehre zu erweisen." Er wandte sich an mich. „Du willst etwas über sie schreiben, Abigail? Ich schicke dir nachher etwas Material aufs Handy."

„Das verspreche ich dir. Vielleicht ist sogar der morgige Tag dafür geeignet, dann kann ich euch zum Abend schon eine kleine Gedenkschrift mitbringen."

Nachdem uns Herr Schneider erneut in eine sehr nachdenkliche Stimmung versetzt hatte, tat es uns gut, zum Ausklang des Abends von den musikalischen Künstlern mit entspannender Musik verwöhnt zu werden. In der letzten Viertelstunde des Tages lauschten wir Bernhard, dem es wieder einmal gelang, seine Klarinette zum Singen zu bringen.

***

Eng aneinandergekuschelt verbrachten Ermanno und ich die entspannende Nacht nach den anstrengenden Tagen. Die Stadt schien schon zu schlafen. Passend zu einem Gedenktag regnete es draußen unaufhaltsam, doch als ich früh am Morgen das Fenster öffnete, spürte ich sofort, dass es sich um einen frischen und fruchtbaren Regen handelte. Die Erde begrüßte ihn mit einem duftenden Echo.

Während ich den ganzen Tag eifrig schrieb, kümmerte sich Ermanno um unseren kleinen Haushalt und um ein paar eigene Schreibarbeiten.

Im Nachrichtensender des Städtchens hörten wir, dass etwa 95 Prozent der Bürger von Sankt Augustine der Bitte nach einem ruhigen Gedenktag für Eva Werner nachgekommen waren. Lediglich Personen, die in ihrem Beruf tatsächlich unabkömmlich waren, hatten sich mit Bedauern entschuldigt.

In meinen Gedanken stellte ich mir die verlassene Stadt vor, pietätvoll schweigend, und in meiner Nachschrift, der Biografie sah ich Eva ganz lebendig vor mir. Eine junge Frau mit Mut und Ehrgeiz, die der Welt zeigen wollte, dass man etwas von sich verlangen kann, dass man imstande ist, sein Bestes zu geben, ein Beispiel zu geben für die Überwindung der eigenen Bequemlichkeit, der fruchtlosen Passivität.

Aber ich sah auch eine junge Frau, die der Falle des Medienrummels nicht entkommen konnte, die auch dem Druck der Presse bei dem tragischen Verlauf der Krankheit nicht gewachsen war.

Und wenn auch bei ihr keine Aufputschmittel oder Drogen im Spiel waren, so gab es doch eine mangelhafte ärztliche Betreuung. Ich konnte es mir nicht verkneifen, einen leisen

Ton des Vorwurfs in der Biografie anklingen zu lassen.

Pünktlich zum Beginn des Konzertes am späten Nachmittag hatte ich die kleine Schrift fertiggestellt. Ermanno druckte alles für mich aus und sorgte dafür, dass die kopierten, zusammengehefteten Blätter einen passenden Umschlag erhielten.

Gerade als wir unsere Arbeit beendet hatten, traf eine Nachricht von Greta ein: „Ron Pelzer ist wieder bei vollem Bewusstsein. Es geht ihm gut."

Erleichtert teilte ich meinem Verlobten diese gute Nachricht mit.

„Dio mio! Gott sei Dank!" entfuhr es ihm. „Und jetzt müssen wir uns beeilen. Es geht gleich los."

Rasch zog ich mir ein schlichtes schwarzes Kleid über und begab mich mit Ermanno in den Konzertsaal, in dem sich nicht nur die

Anwohner des Schlosses, sondern auch viele Bürger von Sankt Augustine eingefunden hatten. In letzter Minute trafen auch der Architekt Hrnry Müller mit scincn beiden Kindern in Begleitung von Greta ein. Adelaide hatte ihnen an der Seite hinter den Säulen mehrere Plätze reserviert, auf denen sie weniger beobachtet werden konnten.

Moro und Bürgermeister Schneider hatten ergreifende Reden vorbereitet, die sie uns mit ehrlicher Anteilnahme vortrugen. Bernhard und die anderen Musiker berührten uns mit pietätvoll ernsten und in meinen Ohren mitfühlend klingenden Musikstücken.

Nach einer Schweigeminute ergriff Henry das Wort und bedankte sich bei allen Anwesenden für die Hilfe und Anteilnahme. Er entschuldigte sich für die Taten seines Sohnes, in dem er sich selbst die Mitschuld gab. „Ich habe einen großen Fehler gemacht. Damals habe ich die

Trauer für mich selbst konserviert, anstatt sie mit euch allen zu teilen. Jeder, der Eva gekannt und verehrt hat, hat auch das Recht, um sie zu trauern. Kein Wunder also, dass mein Sohn das Gefühl hatte, sie sei von der Welt vergessen worden. Da gibt es wohl den Spruch: „Der Mohr hat seine Schuldigkeit getan, der Mohr kann gehen." Diesen falschen Eindruck hatte wohl Konstantin von der Presse und den Bürgern von Sankt Augustine gewonnen. Und so konnte die traurige Geschichte ihren Lauf nehmen. Gemeinsam wollen wir nun versuchen, alles wieder gutzumachen, und ich an erster Stelle. Ich danke euch, auch im Namen von Eva."

Die Anwesenden erhoben sich und spendeten ihm Beifall.

In diesem Augenblick betrat der Kommissar mit Verspätung den Raum und schlängelte sich zu mir durch. Während die anderen Gäste

aufstanden und sich in Grüppchen im Saal
verteilten, zog er mich erregt beiseite. „Es ist
ein Kreuz mit den Nachahmungstätern. Den
ganzen Tag ist die Polizei schon hinter Herrn
Frisch her. Seit ein paar Stunden ist er in
Frankfurt, hat sich auf dem Main Tower
verschanzt und droht, die ganze Stadt zu
vergiften und in einen Tiefschlaf zu versetzen.
Es ist nicht auszudenken, wenn er wirklich
etwas tut. Zum Glück ist ihm ein
Sonderkommando schon dicht auf den Fersen.“
Ich erschrak. „Um Himmelswillen! Vielleicht
hätte man ihn doch schon vorher in eine Klinik
einweisen sollen. Aber kein Mensch kann in
einen anderen hineinschauen. Dass er so krank
ist, hat wohl nicht einmal Greta vermutet. Was
diese unverarbeiteten Traumata doch alles
anrichten können! Ich wünschte, jeder Mensch
ginge ab und zu zu einem Therapeuten und
ließe sich die Seele waschen. Körperpflege

wird immer ganz groß geschrieben. Aber was ist mit Psyche und Seele und Geist?"

Niklas sah mich nachdenklich an. „Da ist was dran. Ich werde übrigens hier nichts von dem Geschehen erwähnen. Vermutlich gäbe es nur Panik, und Konstantin bekäme ein noch schlechteres Gewissen. Die Frankfurter Polizei hält das übrigens auch so geheim wie möglich. Die Bevölkerung weiß nichts von dem Mann auf dem Turm. Man hat sie nur darum gebeten, momentan das Wasser aus den Leitungen nicht als Trinkwasser zu benutzen, wegen einer angeblichen möglichen Verunreinigung, die noch überprüft werden müsse."

„Und welche Möglichkeiten hat Alexander jetzt von dort oben? Warum nimmt man ihn jetzt nicht einfach fest?"

„Leider hat er sich eine Waffe besorgt, und deswegen ist man besonders vorsichtig. Ich werde jetzt dann Herrn   Müller nur kurz kondolieren und anschließend wieder verschwinden. Greta kannst du etwas davon sagen, damit sie sich besser im Moment bei den Müllers aufhält, wo sie in Sicherheit ist. Ich gebe dir aber sofort Bescheid, wenn ich mehr weiß."

Ich sah ihm nach, wie er zu Henry ging und ein paar Worte mit ihm wechselte, kurz danach aber den Saal verließ. Was für ein Drama! Eine ganze Stadt schwebte in Gefahr, und doch wusste kaum einer davon. Vor meinen inneren Augen tauchte die Silhouette der Großstadt auf mit hohen Häusern und gigantischen Türmen. Eine riesige Nebelwolke umschwebte prall gefüllt mit giftigen gefährlichen Dünsten die hohen Gebäude und drohte, sich auf alles zu legen, alles zu ersticken.

„Gab es etwas Wichtiges?" weckte mich Ermanno aus meinen Gedanken.

Ich schüttelte kurz den Kopf. „Es sind nur ein paar Dinge aus dem Polizeibericht", redete ich mich heraus. Weißt du schon, wie es jetzt hier weitergeht?"

„Das Ehepaar Bühler vom historischen Gasthof „Zur Traube" hat wieder einmal ein Buffet spendiert, zu dem wir uns gleich alle auf der Terrasse versammeln werden. Rossini meinte, bei einer Beerdigungsfeier sei dies ja auch so üblich und dabei habe man dann auch noch Gelegenheit über die Verstorbene in angemessener Weise zu reden. Eine gute Art von Trauerarbeit, finde ich."

Ich nickte. „Absolut. Es ist wichtig für Konstantin und seine Familie, und ich kann dir gar nicht sagen, wie froh ich bin, dass Greta auch von den Kindern angenommen wird."

Ermanno zeigte auf Henry, der seinen Arm um die Schultern der jungen Frau gelegt hatte. „Und nicht nur von den Kindern, wie man sieht", sagte er schmunzelnd. „Ist das nicht ein schönes Happy- End?"

Ich seufzte. Wenn er wüsste! Wir alle bewegten uns hier gefahrlos und friedlich, während der Bevölkerung einer ganzen Stadt Unheil drohte.

Trotzdem ließ ich mich von ihm und dem Strom der Anwesenden willenlos mit auf die Terrasse ziehen, wo sich die angespannte Atmosphäre der Gäste langsam zu lockern begann. Ich dagegen spürte eine unsichtbare Fessel, rund um meinen Hals gelegt und schaute immer wieder auf mein Handy, ob ich dort nicht eine Benachrichtigung von Niklas fand.

„Hast du keinen Hunger, Amore?" erkundigte sich Ermanno besorgt, als ich das Buffet nach einer Weile immer noch nicht angerührt hatte.

„Die letzten Tage waren wohl etwas viel", entschuldigte ich mich. „Bitte nimm du auf mich keine Rücksicht und lass dir nicht den

Appetit verderben! Der Abend ist ja noch lang, vielleicht nehme ich etwas später eine Kleinigkeit."

„Nein. Jetzt will ich auch nicht", sagte er wie ein trotziges Kind und zog mich von der Bank hoch. „Jetzt gehen wir erst einmal zwischen den Blütenbäumen spazieren, wo auch deine Seele ein bisschen fliegen kann. Und dann sagst du mir, was du auf dem Herzen hast."

„Es ist wirklich nichts", schwindelte ich. Warum sollte ich ihn unnötigerweise aufregen? Im Moment konnten wir nichts tun. Ich musste der Polizei in Frankfurt vertrauen.

„Das ist nicht wahr", behauptete er. „Ich kenne dich gut. Es ist wegen Hanna, nicht wahr?"

Ich riss die Augen auf. „Wegen Hanna? Was ist mit Hanna?"

„Vermutlich bist du eifersüchtig auf sie und befürchtest, dass sie mir gefährlich werden könnte. Vielleicht denkst du sogar, ich wäre mit ihr zusammen gewesen."

Ich machte eine abwehrende, aber etwas matte Handbewegung. „Nein, wirklich nicht."

„Du kannst auch wirklich total beruhigt sein, Amore! Hanna hat sich nicht nur in einen netten, gut zu ihr passenden Mann verliebt, sondern will auch bald mit ihm in eine andere Stadt ziehen. Aber selbst wenn das alles nicht der Fall wäre, ich habe wirklich kein Interesse an einer anderen Frau. Mein Kollege von gestern Abend, der wird uns in den nächsten Tagen einmal besuchen. Er interessiert sich nämlich für das Museum, dass du hier vor einiger Zeit im Schloss gegründet hast. Er stammt aus einer Sintifamilie und würde sich gerne mit dir unterhalten, weil auch seine Vorfahren verfolgt wurden. Ich glaube, er verspricht sich sogar von dir ein paar

Recherchen, mindestens aber, dass du etwas über seine Familie schreibst."

„Tatsächlich? Das hört sich aber sehr interessant an. Ich freue mich schon, ihn kennen zu lernen."

Er legte den Arm um mich. „Du musst dir also keine Sorgen um unsere Beziehung machen. Du kannst mir vertrauen! Ich habe nicht vor, dir weh zu tun."

Ich lächelte ihn an. „Ich habe gehofft, dass alles bei uns in Ordnung ist."

Übermut blitzte in seinen Augen auf. „In Ordnung? In Ordnung ist gar nichts. Die Ordnung ist erst hergestellt, wenn wir endlich die Verlobungsringe in Trauringe umgetauscht haben. Findest du nicht, dass unsere Verlobungszeit schon ziemlich lange andauert?"

Ich rechnete nach und lächelte. „Es sind auf jeden Fall mehr als drei Wochen."

Er zeigte gespielte Empörung. „Und da hast du dir noch keinen Hochzeitstermin ausgesucht?! Unglaublich!"

„Na, ja, heute ging es ja nicht. Ich denke wir müssen einen besseren Tag finden."

Mein Handy meldete sich, und ich entdeckte eine Nachricht von Niklas:

„In Frankfurt ist alles in bester Ordnung. Der Fuchs ist in der Falle."

Ermanno stutzte. „Welcher Liebhaber ruft dich denn um diese Zeit an?" scherzte er.

Ich begegnete seinem zärtlichen Blick und beugte mich zu ihm, um ihn zu küssen. „Oh, da ist nichts. Ich brauchte nur ein gutes Stichwort. Es ist alles in bester Ordnung, denn ich bin in der Falle, bei dir. Und ich habe gar nichts dagegen einzuwenden."

ENDE